시선이 닿는
모든 순간에게

시선이 닿는
모든 순간에게

초판 1쇄 인쇄일 2022년 01월 11일
초판 1쇄 발행일 2022년 01월 20일

지은이 | 김해안
펴낸이 | 양옥매
디자인 | 표지혜 김영주
교　정 | 조준경

펴낸곳 도서출판 책과나무
출판등록 제2012-000376
주소 서울특별시 마포구 방울내로 79 이노빌딩 302호
대표전화 02.372.1537 **팩스** 02.372.1538
이메일 booknamu2007@naver.com
홈페이지 www.booknamu.com
ISBN 979-11-6752-107-1(03810)

시선이 * 닿는
모든 * 순간에게

김해안 에세이

책과나무

뜻밖에 마주한 풍경들이

말 없는 감동으로 다가오듯이

밋밋하고 볼품없는 시간일지라도

글로 쓰고 나면 그 자체로 반짝이는 날들이 된다

꿈 많던 소녀의 손을 잡고

마지막 추위가 저물고 포근한 봄기운으로 가득한 삼월. 잿빛 풍경을 몰아내고 어린잎이 돋아나는 이 계절을 좋아한다. 적막만 흐르던 학교도 아이들의 온기로 서서히 물든다. 새 학기에는 아이들과 자신의 꿈에 대해 글을 써 보는 시간을 갖는다.

삐뚤빼뚤한 글씨로 거침없이 써 내려간 글에는 저마다 지닌 환한 빛이 고스란히 담겨 있다. 꿈을 꾼다는 것은 그 모습을 바라보는 사람마저 행복하게 만든다. 아이들이 쓴 글을 읽는데 교복을 입고 학교에 다니던 그 시절의 내 모습이 떠올랐다.

과거의 내가 기록한 글을 읽으면 마치 그네를 탄 것처럼 시간이 제멋대로 오르락내리락하는 것 같다. 나는 어렸을 때부터 다이어리에 이것저것 적는 것을 좋아했다. 메모나 일기의 성격을 가진 글들은 대부분 '어른이 되면' 무엇을 하고 싶은지에 대한 내용들이었다.

책을 읽는 것을 좋아하니 소설가가 되고 싶다, 라디오 듣는 걸 좋아하니 방송국 작가가 되고 싶다, 다양한 사람을 만나 이야기 나누는 것을 좋아하니 에디터가 되고 싶다……. 아무렇게나 맥락 없이 나열한 것 같지만 내가 쓴 문장들엔 결국 '글을 쓰고 싶다'는 마음이 흐르고 있었다. 마치 제 갈 길을 이미 알고 있는 강물처럼.

그 시절의 나는 어디로 갔을까. 지금껏 나에게 시작이나 도전 같은 성격의 단어들은 '설렘'보다 '막막함'에 더 가까웠다. 아직은 글을 제대로 쓸 역량이 되지 않는다는 생각과 아무도 내 이야기에 관심이 없을 거라는 걱정으로 두 손을 꽁꽁 묶어 둔 채 지냈다. 실체 없는 막연한 두려움에 사로잡혀 오랫동안 제자리에 멈춰 서 있었다.

글을 쓰며 어떤 존재가 될 것인가를 묻고 답하는 과정에서 내가 낸 답은 오답이 아니라 답을 내기를 포기하고 기권하는 것이었다. 물음 자체를 무효로 만들었던 꿈으로부터의 도주.

이제 나를 가두었던 자욱한 안개를 걷어 내고 꿈이라는 햇살을 향해 한 걸음 나아가고자 한다. 가끔은 소나기 같은 고난과 벼락같은 실패에 좌절하더라도 작가의 꿈을 그리던 그 시절의 나와 함께라면 다시 일어설 수 있지 않을까.

꿈 많던 소녀의 손을 잡고 설렘 가득한 첫걸음을 내딛는다.

contents

prologue

* 꿈 많던 소녀의 손을 잡고   6

1부 _____ **시선이 닿는
모든 순간에게**

* 타인은 나에게 관심이 없다   14
* 적당히 견딜 만한 가난   18
* 숨결이 깃든 통영의 밤   22
* 꿈으로 박제한 피아노   26
* 그들의 이상은 오늘이 되길   32
* 한낮의 꿈을 닮은 순간들   38
* 망한 소개팅을 통해 배운 존중   41
* 잠시 어른의 눈을 감는다   46
* 영어 실력과 빈부 격차의 상관관계   50
* 마음마저 늙어 버리고 나면   55
* 기사님 오늘도 좋은 날 되세요   58
* 자그마한 동네 책방을 찾는 이유   62
* 저도 기분이 나빠도 괜찮을까요   65
* 겨울날 공원에서 마주한 것   68
* 서로의 인생이 안녕하길 바란다면   72

2부 _____ **쓸쓸한 날이면**
어김없이 떠오르는

* 벚꽃 내리는 날 만난 우리   78
* 다르지만 같은 우리 남매   83
* 서로의 삶에 흔적을 남기는 일   87
* 쓸쓸한 기억을 괜찮은 추억으로   91
* 부암동에서 올려다본 밤하늘   96
* 강연장에서 만난 할머니   101
* 낯선 사람들에게서 느낀 편안함   106
* 후회만 남은 아이비 화분   111
* 추억을 끌어안은 여름이기에   117
* 봄은 엄마와 나의 계절   121
* 어미 새를 보는 엄마의 마음   126
* 당신만이 건널 수 있는 징검다리   130
* 불 꺼진 도시를 누비는 택시   132
* 길을 걷는 속도는 다르지만   133
* 첫 마음을 잊지 않고 사랑하며   138
* 생각의 숲에서 잠시 쉬어 가세요   141

3부 _____ **문장 사이에**
넘실대는 마음들

* 시 한 편을 짓기까지　146
* 넌 사랑받을 자격이 충분해　150
* 잠들어 있는 감각을 깨우다　156
* 물러설 곳을 마련해 두는 습관　158
* 투정과 불만으로 범벅된 곳　161
* 글 쓰는 시간을 일시 정지하다　164
* 일상이 매일매일 축제는 아니지만　169
* 가장 보통의 하루　174
* 달력은 어김없이 넘어가고　179
* 찰나의 순간을 기록하는 연습　182
* 비 내리는 풍경이 짓는 표정　185
* 달지 않고 담백하게　188
* 시절이 멈춰 있는 사진　190
* 마음의 주인이 되기 위해　192
* 버려지지 않는 악몽　196
* 나에게 안부를 묻는다　198
* 텅 빈 시간을 꿈으로 채워 준 공간　201

epilogue

* 모든 시간에는 이유가 있다　204

별 의미 없이 흘려보낼 수 있는

사소한 일상에서도

기쁨이 물든 찰나의 순간을 포착할 수 있는

사람이 되어야지 생각했다

설익고 미묘한 감정도

생동감 있게 받아들일 줄 아는 사람

그 마음과 시간을 귀하게 여길 줄 아는

사람이 되어야지 다짐했다

1부

✳

시선이 닿는
모든 순간에게

Writing

타인은 나에게 관심이 없다

사람의 말에는 감정과 의도가 담기기 마련이다. 그래서 타인이 생각 없이 뱉은 말에 상처를 받기도 하고 진심 어린 말 한마디에 위로와 평온을 얻기도 한다.

내가 지금까지 하던 일을 멈추면서 가장 많이 들었던 말은 "정말 쉬려고?", "앞으로 계획 있어?", "이제 뭐 할 생각이야?"와 같은 걱정과 의문이 섞인 물음이었다. 나를 진심으로 걱정해서 물어본 사람들도 있었겠지만 불안했던 내 마음 때문인지 대부분은 '이 일을 그만두고 네가 무엇을 할 수 있겠어?', '세상이 그렇게 쉬운 줄 아니?'와 같은 전제가 깔려 있는 것 같았다. 조급한 마음은 이렇게 나를 비딱하게 만들었다.

　그냥 지나칠 수도 있었던 질문들이 불편했던 이유는
나에게는 아직 체계적이고 꼼꼼한 계획이 없었기 때문
이었다. 한마디로 무계획 상태. '사람들이 나를 한심하
게 생각하면 어쩌지.' 그동안 사람들의 이런 시선이 두
려워 도전하기를 망설였다. 세상에 증명된 별다른 재능
도 없으면서 다른 일을 해 보고 싶다고 말하면 잘될 거
라는 응원보다 현실적인 조언을 듣는 경우가 많았다. 그
래서 아무에게나 작가가 되고 싶다는 꿈을 쉽게 내비치
지 않았다.

　오래전부터 속마음을 있는 그대로 보이는 것을 어려
워했다. 친구들 사이에 있을 때도 그랬다. 대화 주제로
나왔던 가수의 음악이 별로 마음에 들지 않으면서도 그
냥 그 노래를 자주 듣는다고 했다. 음식 취향이 맞지 않
는다며 약속을 거절했지만 사실은 용돈이 부족해서였
다. 오해와 다툼으로 생긴 서운함이 아직 손톱에 박힌 가
시처럼 마음에 남아 있으면서 아무렇지 않은 척 지냈다.

갈등과 대립의 상황에서는 내 감정을 애써 숨기는 것이 타인을 위한 배려라고 착각했다. 그러나 거짓으로 점철된 작위적인 말과 행동은 진실이 될 수 없었고, 타인을 위한다는 핑계로 내세운 말과 행동들은 생기를 잃고 금세 시들어 버렸다.

'이제 글을 쓰는 시간을 갖고 싶다.' 새로운 시작을 앞두고서 타인의 시선을 의식하며 공허한 삶을 이어 가고 싶지 않았다. 그다음 날도 계속된 사람들의 질문에 환한 웃음을 머금고 이렇게 답했다. "지금은 아무런 계획이 없고 일단 푹 쉬려고요."

상대방이 내가 별다른 것을 이루기 어려울 거라고 예상하든, 사회생활을 못한다고 무시하든, 나약한 존재라고 생각하든 그건 나와 상관없었다. 그 누구도 내 꿈의 가능성을 판단할 수 없다는 것을 이제는 안다.

타인은 생각보다 나에게 관심이 없다. 그때 넌지시 물음을 던지던 사람 중에 아직도 나에게 연락을 해서 내 계획과 진도를 체크하는 사람은 한 명도 없다. 타인의 삶이 궁금한 건 잠시일 뿐 각자의 최대 관심사는 결국 자기 자신의 삶이다. 이렇듯 우리는 모두 저마다 가진 각자의 세상에서 살고 있다. 자기 삶이 가장 애틋하고 애처롭다.

타인의 시선에 억눌려 살지 않기 위해서는 나 자신을 온 마음을 다해 사랑할 줄 알아야 한다. 그건 글을 쓸 때도 마찬가지이다. 글을 쓸 때도 남들에게 괜찮은 사람으로 보이기 위해 보람찼던 일만 가지런히 나열하곤 했다. 그건 내가 정말로 하고 싶었던 말이 아니었다.

진솔한 글을 쓰기 위해서는 나에게 집중할 수 있어야 한다. 내면의 목소리가 있는 그대로 울려 퍼질 수 있도록. 그런 마음이 갖추어져야 제대로 된 글을 피울 수 있다.

적당히 견딜 만한 가난

우리 집은 딱 내가 견딜 만큼 가난했다. 적당한 가난, 조금의 불편함을 참고 약간의 모욕을 받아들이면 이 정도 가난은 버틸 만했다. 점차 가난을 인지하는 감각은 무뎌졌고 그렇게 괜찮다고 느낄 때쯤 가난은 서서히 스며들어 나를 차지했다.

초등학교 때의 일이다. 학교를 마치고 집으로 가는 길에 바퀴가 달린 간이 떡볶이 집이 있었다. 친한 친구들과 집에 가며 자주 그 떡볶이 집에 들렀는데, 항상 사 주는 쪽은 친구들이었다. "너도 한 번 쯤은 사 줘라.", "에이, 얘는 짠순이잖아." 매번 사 주기만 하던 친구들이 한

마디씩 했다. 얼굴이 화끈거렸다. 나는 그 말을 듣고서
야 그동안 얻어먹기만 했다는 사실을 알아챘다. "아니
야. 내일은 내가 떡볶이 쏠게!" 다음 날 나는 엄마에게
용돈을 받아서 친구들에게 떡볶이를 사 줬다.

그렇지만 그 사실을 알았다고 한들 크게 달라지는 것
은 없었다. 친구들이 떡볶이를 사는 횟수는 여전히 훨씬
많았고, 나는 눈치를 보다가 그 쓴말이 다시 나올 때쯤
에서야 한 번씩 샀다. 그런 패턴이 계속 반복되면서 우
리들 사이에는 암묵적인 규칙이 생겼다. '우리 집이 너
희 집보다 못사니까' 떡볶이를 사는 빈도는 달라도 된다
는, 뭔가 입 밖으로 꺼내 확실하게 정의 내릴 수 없는 무
언의 이해와 인정.

금방이라도 술잔에서 넘칠 것처럼 보여도 표면장력
때문에 흘러내리지 않는 맥주처럼 견디면 견뎌지는, 그
야말로 아슬아슬하게 넘치지 않는 가난이었다. 반찬 투
정은 했어도 밥을 굶은 적은 없었고, 좁은 빌라였지만
작게나마 내 방이 있었다. 신발은 운동화 한 켤레가 다
닳을 때까지 신었고, 예쁜 옷이 없어 교복만 입고 다녔

어도 그냥 그런대로 살 만했다. 가끔씩 친구들을 보며 부러움이 싹틀 때마다 '아직 학생이니까, 괜찮아.'라는 말로 자라나는 싹을 모질게 잘라 냈다.

때로는 그 말에 취해 정말 괜찮은 것 같기도 했다. 내가 노력하면 충분히 해결하고 벗어날 수 있는 정도의 가난이었으니까. 괜찮았다. 그런데 적당한 가난은 나를 자극하기보다 그 환경에 조용히 젖어 들게 만들었다. 나는 가난에 적응한 사람처럼 생각하고 행동했다. 자꾸만 현실에 안주했다. 자주 주저앉았다.

어린 시절에 나는 엄마를 끊임없이 벼랑 끝으로 몰아세웠다. "엄마, 나도 파마해 보고 싶어", "엄마, 나도 핸드폰 사 주면 안 돼?", "엄마, 우리도 바다로 여행 가자!" 그러다 가난이 불편하지 않게 되고 나서는 어떤 이유로도 엄마를 보채지 않게 되었다. 가난 앞에서 침묵을 지키게 된 딸을 보며 엄마는 편했을까, 아니면 아팠을까.

가난을 극복하는 것보다 익숙해지는 편이 훨씬 쉬웠다. 그렇게 나는 욕망하고 갈구하는 방법을 잊어버렸다.

그냥 놓아 버렸다고 해야 할까. 삶에서 새로운 무언가를 시도하고 선택할 때마다 머릿속에서 계산기를 두드리는 습관이 생겼다. 오래 꿈꿨던 길을 가 보지도 않고 내려놓은 이유는 소리 없이 나를 물들여 놓은 가난 때문은 아니었을까.

이제는 누구에게라도 떡볶이 정도는 가뿐하게 사 줄 수 있는 어른이 되었다. 나를 무겁게 만들었던 적당했던 가난의 물기도 말끔히 털어 냈다. 의외로 그곳에서 헤어 나오는 데에 그리 오래 걸리지도, 아주 힘들지도 않았다. 벗어나고 보니 얕은 물살에 너무 오래 허우적대며 있었던 것 같다. 가난에 묶여 가만히 있던 시기는 지나가고 비로소 세상이 제대로 보이기 시작했다.

혹시 글쓰기가 돈 되는 일이 아니더라도 내가 그토록 원했던 길이라면 그것으로 충분하다. 꿈을 꾸며 글을 쓰는 이 시간이야말로 값으로 매길 수 없는 소중한 것이라 믿으니까. 그날을 기다리고 기대하며 오늘도 책상 앞에서 값진 시간을 보낸다.

숨결이 깃든 통영의 밤

낮에는 밥 짓는 소리가 흘러나오고 저녁에는 별이 잘 보이는 마을. 사람들의 숨결과 삶의 온기가 담겨 있는 동네. 통영은 내가 떠올리는 마음의 안식처와 가장 닮아 있다.

통영은 내가 사는 곳에서 너무 먼 곳이라 가는 데만 다섯 시간이 넘게 걸린다. 땅끝에서 다시 끝으로. 긴 시간을 달리고 나서야 겨우 닿을 수 있는 곳이지만, 삶의 중심을 잃고 흔들릴 때마다 380km를 마다하지 않고 덜 컹거리는 버스에 오른다. 단순한 여행이 아니라 고향을 찾는 마음으로 배낭을 든다. 어딘가에 몸과 마음을 편히

눕히기 위한 심정으로.

노을이 지고 어둑한 실루엣이 포구와 마을 위로 내리고 있을 즈음 버스는 통영에 도착했다. 장엄한 노을의 마지막 순간이 산 아래로 사그라지고 있었다. 아직 여름의 열기가 머무는 대지 위에 시원하고 산뜻한 바닷바람이 불어왔다. 손끝에 산과 바다의 숨결이 감미롭게 맴도는 듯했다.

서피랑 마을에 있는 99계단을 단숨에 올랐다. 숨이 턱까지 차올랐지만 쉬지 않고 언덕을 올랐다. 숨을 가쁘게 몰아쉬고 정상에 도착하니 통영의 야경이 한눈에 내려다보였다. 깜깜하지만 차갑지 않았고 낯설었지만 정감이 느껴졌다. 물결 하나 없이 고요한 바다 표면을 달의 반영이 차지하고 있었다. 마치 원래부터 달을 위한 자리였던 것처럼.

서피랑 언덕에 있는 서포루에 털썩 앉았다. 고개를 들어 까만 하늘에 뿌려진 별들을 넋 놓고 바라보았다. 자꾸만 떠오르는 상념들을 지워 내기 위해 어둠 속으로 나를 내몰았다. 어떤 연고도 추억도 없으면서 정을 주다 보니 정말로 정이 들어 버린 이곳에 나를 내맡겼다.

밤공기가 내 안에 머물다 나갈 때마다 조금씩 안정을 찾았다. 그렇게 한참을 어둠에 기대어 가만히 있었다. 언덕을 내려오는 골목길에는 어르신들이 쓴 시가 전시되어 있었다. 시에는 어르신들의 세월이 고스란히 그려져 있었다.

한 달에 한 번 아픈 영감을 보러 가기 위해 병원을 찾는데 그럴 때마다 당신의 마음도 아프시다는 할머니, 젊은 시절 먹고살 길이 막막해서 강냉이를 팔며 세월을 살아 냈는데 어느새 별명이 강냉이가 되었다는 할머니, 언젠가부터 눈이 흐릿하게 보이는데 아무래도 모진 고생을 하느라 못 볼 꼴을 보아서 그런 것 같다며 젊은 날을 회고하는 할머니…….

서툴고 투박한 글씨체로 써 내려간 짧은 시에는 누구도 대신할 수 없는 당신만의 삶이 묵직하게 담겨 있었다. 시가 들어 있는 액자를 오래 바라보았다. 쉽게 발길을 돌릴 수 없었다. 어느 틈에 나를 따라왔는지 환한 달이 시들을 아름답게 비추고 있었다. 시를 쓰신 할머니들의 밤도 평안하시길.

숙소로 돌아가는 길. 나도 자연스럽게 세월을 타고 인생이 노년기에 이르렀을 때 어떨지 생각해 보았다. '나는 어떻게 늙어 가게 될까.' 시에서 만난 할머니처럼 글을 쓰고 싶다는 마음이 일었다. 먼 훗날 내 생을 시로 쓰게 된다면. 그래서 여태껏 지나온 길을 돌아보게 되는 날이 온다면, 그때는 힘겹고 외로운 기억보다 애틋한 추억이 더 많았으면 했다. 부디 지금보다 더 진솔하고 너그러운 사람이 되어 있기를 바랐다.

삶의 숨결이 깃든 통영의 밤을 한참 더 걸었다. 어느새 자정이 되었는데도 거리는 어둡지 않았다.

- 글에 나온 할머니의 시는 '박경리 학교 어르신 작품전'에서 본 이복순 님 「영감」, 이정숙 님 「별명」, 조순연 님 「눈 수술 받던 날」입니다.

꿈으로 박제한 피아노

시선이 닿는 모든 순간에게

분명히 거짓말인 줄 알면서도 상대는 속아 주고 있다는 느낌. 고작 피아노 한 대 들어가면 꽉 차는 좁은 공간에 그 팽팽한 긴장감이 채워지고 있었다.

열 살쯤이었을까. 피아노 학원을 다닐 때였다. 바이엘의 쉬운 음계를 배우면서도 피아노 건반에 손가락을 올릴 때마다 매끄럽게 눌리는 촉감과 소리를 내기 위해 울리는 여린 진동이 좋았다. 오른손이 주도하는 멜로디와 왼손이 얹어 주는 화음. 각자의 몫을 해내기 위해 바쁜 열 손가락의 움직임을 보는 게 흐뭇했다.

악보 한 장을 연습할 때마다 작은 수첩에 빗금을 그어 연습한 횟수를 표시했다. 수첩 크기의 종이 위에는 농구공, 곰 인형, 구름 같은 것들이 열 개씩 그려져 있다. 하나씩 선을 그어 그림을 지울 때마다 연습하는 시간도 함께 흘러가 언젠간 피아노를 잘 치는 내 모습과 가까워지는 듯했다.

피아노를 배우는 게 힘겨워도 헷갈리는 악보를 읽기 위해 애를 쓰고 흰색과 검은색 건반을 끊임없이 눌렀다. 피아노는 배울수록 어렵고 복잡해졌다.

그때부터 지금까지 포기하지 않고 꾸준히 피아노를 연습했다면 어땠을까. 새로운 분야의 능력을 키우기란 생각보다 쉽지 않았다. 피아노를 잘 치기 위해 노력하는 시간은 한꺼번에 해치울 수도, 단숨에 뛰어넘을 수도, 비용을 지불하고 살 수도 없었다. 다른 누군가가 아닌 오롯이 혼자서 이겨 내야만 했다. 울퉁불퉁한 길을 맨발로 걷는 듯한 기분이었다.

피아노를 대하는 내 마음도 부담감으로 가득 차 무거

워지기 시작했다. 피아노를 처음 마주했을 때 느꼈던 감격과 잘 치고 싶은 마음이 희미해졌다. 피아노를 연습하는 시간이 지루하고 따분하게 다가왔고 명랑하고 투명했던 피아노 소리도 제 힘을 잃어 갔다.

그리하여 시작된 거짓말이었다. 선생님은 악보 한 장을 가르쳐 주고 다른 아이를 알려 주기 위해 문밖으로 나갔다. 그때마다 나는 선생님이 새로 가르쳐 주신 어려운 멜로디가 아니라 이전에 배웠던 쉬운 부분만 반복해서 쳤다.

새로운 부분을 힘들게 연습하고 훈련하는 것보다 익숙한 악보를 치며 막힘없이 춤추는 손가락을 바라보는 일이 더 좋았다. 거짓으로 그은 빗금이 가짜처럼 보일까 봐 손가락에 힘을 주었다가 뺐다가를 반복했다.

"정말 열 번 다 연습한 거 맞아?" 심장에 커다란 돌덩이가 쿵하고 내려앉은 듯했다. "네, 다 했어요." 나는 거짓말을 들키지 않기 위해 혼신의 연기를 했다. 이후 선생님은 같은 질문을 세 번이나 반복해서 물었다. 이쯤

되면 절대 들켜서는 안 된다는 생각에 당황한 기색을 숨기고 더 확신에 차서 대답했다. 새로 알려 준 악보를 버벅거리며 제대로 치지 못하는 나를 보고도 선생님은 더는 아무것도 묻지 않았다.

얼마 못 가서 피아노 학원을 그만두었다. 결심한 것을 내일도 그다음 날도 계속 미루기만 했다. 실력을 쌓기 위해 어려운 난관에 봉착할 때마다 나는 그 벽을 뛰어넘으려 하기보다는 자꾸만 뒤로 물러섰다. 피아노에 대한 애정이 그뿐이었던 탓일까. 피아노는 헛헛한 아쉬움만 남긴 채 나에게서 점차 멀어져 갔다. 그 이후 꽤 오랜 세월이 흘렀고 피아노를 말끔히 잊은 채 어른이 되었다.

얼마 전 미로를 닮은 공원에 갔다. 햇볕이 얹어진 연두색 잎사귀와 아이들의 비눗방울이 둥둥 떠다녔다. 투명한 수채화 같은 공원에 어디선가 청아한 피아노 소리가 들렸다. 사람들은 무언가에 홀린 듯 피아노 선율을 쫓아 발길을 옮겼다. 나도 마찬가지였다.

알록달록 예쁘게 꾸며진 허름한 피아노에 동화 속에

서 걸어 나온 것 같은 소녀가 앉아 있었다. 어린 시절 내가 꿈꾸던 모습이 두 눈앞에 펼쳐졌다. 소녀의 피아노 소리 덕분에 이날 공원에 모인 사람들의 하루는 더욱 아름답게 빛났다.

'그때 피아노 좀 열심히 배워 둘걸.'

집으로 돌아가는 내내 때늦은 후회가 끈질기게 따라왔다. 그동안 피아노를 볼 때마다 가슴속에 뜨거운 무언가가 느껴졌던 건 단순히 화려하게 뽐낼 수 있는 피아노 실력이 없어서 아니었다. 그건 성장의 기회를 스스로 내쳤던 부끄러움과 아쉬움의 기억 때문이었다.

이제 피아노를 쉽게 포기해 버리던 어린 시절에 묶여 있지 않기로 했다. 누군가 지켜보지 않는다고 해서 나 자신을 속였던 시간. 성장하는 과정은 가볍게 무시하고 결실의 달콤함만 바랐던 시절을 아프게 후회한다. 초심을 잃지 않고 성실하게 실력을 쌓는 하루가 얼마나 귀하고 소중한지 제대로 알게 되었다.

꿈을 향해 묵묵히 걷는 시간이야말로 꿈을 현실로 만드는 유일한 방법이다. 별다른 노력도 하지 않으면서 피아노 실력이 늘기만을 바란 철없던 시절. 작가라는 새로운 꿈을 꾸는 지금, 똑같은 실수를 반복하지 않기 위해 오늘도 어김없이 글을 쓴다. 내 꿈을 아름다운 소리로 연주하게 될 그날을 가슴에 품고서.

그들의 이상은 오늘이 되길

'방송국에서 일하면 재미있을까?'

대학 시절 방송 프로그램을 만드는 작은 프로덕션에서 막내 작가로 일한 적이 있다. 대학 졸업을 앞두고 진로에 대해 고민이 많았던 내가 선택한 방법은 정면 돌파. 제자리 멈춰 생각만 하지 말고 차라리 직접 발로 뛰어서 하고 싶은 일을 경험해 보기로 했다.

어릴 적부터 책을 즐겨 읽었고 자연스럽게 글쓰기도 좋아하게 되었다. 작가를 꿈꾸게 되었고 이왕이면 프로그램 이름만 말해도 사람들이 알아주는 방송 작가가 되고 싶었다. 방송 작가를 꿈꾸는 학생들의 대부분이 방송사 이름이 붙은 방송 아카데미에 다녔다. 그러나 나에게는 그만한 여유와 시간이 없었고 무엇보다 방송 작가가 되고 싶다는 확신이 부족했다.

그래서 구직 사이트에서 막내 작가 자리를 찾아 면접을 보고 일을 시작했다. 목동에 위치한 회사에 처음 들어섰을 때 예상했던 것보다 훨씬 작은 규모에 당황했다. 그 기억이 아직도 생생하다. 오피스텔 몇 개를 연결해 사무실로 쓰고 있는데 창문 너머에 우뚝 서 있는 으리으리한 방송국 건물과 너무 대조적이었다.

그 당시 내가 맡은 일은 공중파 방송사 교양 프로그램에 보낼 영상을 기획하는 일이었다. 추석 연휴 때 전통 시장에서 열린 행사와 지역 특산물을 소개하는 짧은 내용이었다. 함께 일했던 메인 작가님은 영상에 어떤 그림을 담아야 하는지 대략적으로 설명해 주셨다. 그리고 지방에 있는 행사 일정을 조사해 달라고 하셨다. 처음 맡은 일이라 의욕이 넘쳤던 나는 전국의 전통 시장 홈페이지와 각종 커뮤니티 카페를 샅샅이 찾아 리스트를 작성

했다.

그러나 결과는 좋지 않았다. 최선을 다한다고 해서 모든 일이 쉽게 풀리지는 않는다. 내가 찾은 행사는 영상을 찍으러 촬영을 가시는 감독님의 일정이 맞지 않았고 모든 조사를 다시 시작해야 했다.

겨우 날짜가 맞는 곳을 찾았지만 하필 그곳은 서울에서 가장 먼 부산이었다. 먼 곳까지 가야 하는 감독님께 죄송한 마음이 들었다. 우여곡절 끝에 촬영 일정이 정해졌다.

작가님께서는 한번 읽어 보라며 첫 화면부터 시장 상인의 인터뷰 내용까지 작성된 기획안을 보여 주셨다. 단 몇 분짜리 코너도 자료 조사부터 화면 구성까지 이렇게 많은 준비가 필요하다는 것을 알게 되었다.

얼마 후 제작한 영상이 방송되는 날이 되었다. 평일 저녁에 들뜬 마음으로 프로그램을 기다렸다. 북적북적 사람들이 모여 생선과 과일을 팔고 무대 위에서 민속춤을 추는 장면이 방송되었다. 작가님과 감독님이 만드신 영상은 계획대로 잘 완성되었고 내가 작게나마 이 제작에 일조했다는 것이 신기하고 뿌듯했다.

하지만 우리가 만든 영상이 끝나고 진행자가 클로징 멘트를 할 때까지 내 이름은 나오지 않았다. 더 놀랐던 것은 나뿐만 아니라 함께 일했던 메인 작가님과 피디님의 이름마저도 보이지 않았다는 사실이다. 분명 내가 다니던 프로덕션에서 모든 것을 기획하고 촬영하고 편집한 결과물이었는데. 스튜디오에서 밝게 웃고 있는 아나운서와 리포터의 인사로 방송은 그대로 끝이 났다.

아마도 그때 방송 작가에 대한 동경도 함께 사그라든 것 같다. 회사의 업무 환경도 열악했고 주말도 보장받지 못한 데다 월급도 적었으며, 심지어 동료 막내 작가들의 텃세까지 있었다. 그럼에도 불구하고 이곳에서 버틴 이유는 언젠가 모두가 알아주는 방송 작가가 될 거라는 기대 때문이었다.

하지만 그 정상까지는 너무나 멀고 험난하다는 것을

실감했다. 과연 이 모든 것을 이겨 낼 열정과 간절함이 나에게 존재할까. 내가 진정으로 원하는 길일까. 다시 선택의 기로에 서게 되었다. 곧 다른 방향으로 발걸음을 돌렸다.

인생은 선택과 후회의 반복이라는 말이 있다. 물론 내가 직접 가 보지 않은 길에 대한 아쉬움은 여전히 남아 있지만 내 선택에 후회하지는 않는다. 인생에는 각자의 몫이 있다고 생각한다. 그 길을 놓쳤기에 나는 또 다른 길을 선택할 수 있었고 그로 인해 오래 간직하고 싶은 경험과 추억을 만들 수 있었다.

그리고 막내 작가로 살았던 그 짧은 시기가 있어 텔레비전을 볼 때마다 프로그램을 만들 때 얼마나 많은 사람들의 수고와 정성이 들어가는지 알게 되었다. 방송 스태프들을 챙기는 피디와 연예인들의 이름을 한 번 더 보게 되었고, 이제 막 방송 일을 시작한 분들의 꿈을 온 마음으로 지지하게 되었다.

무엇보다 젊은 날을 추억할 수 있는 인생의 한 페이지

가 내 안에 남았으니 이제 그걸로 충분하다. 나의 이상은
현실에 휩쓸려 갔지만 그들의 이상은 부디 오늘이 되길.

한낮의 꿈을 닮은 순간들

시선이 닿는 모든 순간에게

"먼저 좋아하는 것을 적어 보세요."

강연에서 만난 작가는 힘들고 아팠던 기억보다 좋았
던 순간을 떠올리며 글쓰기의 초석을 다져 보라고 했다.
처음에는 텅 비어 있는 하얀 종이를 어떻게 채울지 막막
했는데 천천히 하나둘씩 떠올리니 행복했던 기억이 연
달아 끌려 나오기 시작했다. 한 사람의 웃음이 주변 사
람들에게 전염되듯이 좋았던 순간들이 서로를 물들이
며 내 안에 번져 나갔다.

한겨울의 차가운 공기, 손끝에 닿는 책장의 촉감, 음악

이 흘러나오는 스피커의 울림, 풀밭에 누워 바라보는 하늘의 색감, 나무 소재로 만든 가구의 냄새, 초밥을 씹을 때 느껴지는 식감, 소파에 앉아 텔레비전을 보는 시간.

어느새 크고 넓었던 종이는 내가 좋아하는 것들로 가득 차 비좁아졌다. 빼곡히 써 내려간 좋아하는 순간들. 한 글자씩 적을 때마다 그 순간이 선명해지고 글자 사이사이에 포근함이 채워졌다. 마치 손톱에 새겨진 봉숭아 꽃잎처럼 행복한 기억은 되살아나 나에게 스며들었다. 강연장에 모여 있던 사람들의 얼어붙은 표정도 봄을 만난 듯 한결 사근사근해졌다.

까무룩 잠이 들었던 것처럼 강연장을 나설 때까지 산뜻한 여운이 길게 남았다. 사람들의 얼굴을 환하게 만든 그 기억들이 한낮의 꿈을 닮았다고 생각했다. 고단한 하루를 잠시 쉬어 가게 해 주는 낮잠 같은 기억들.

별 의미 없이 흘려보낼 수 있는 사소한 일상에서도 기쁨이 물든 찰나의 순간을 포착할 수 있는 사람이 되어야지 생각했다. 설익고 미묘한 감정도 생동감 있게 받아들

일 줄 아는 사람. 그 마음과 시간을 귀하게 여길 줄 아는
사람이 되어야지 다짐했다.

망한 소개팅을 통해 배운 존중

한 해의 시작이었는지 끝이었는지도 가물가물한 겨울날이었다. 도시의 조명 위에 눈꽃이 사뿐히 내려앉던 날. 소개팅 시간에 맞춰 문밖을 나섰다. 드라마에서는 주인공과 붉은 실로 연결된 사람이 운명처럼 나타나는데 나는 사랑하는 연인을 만나기까지 꽤 오랜 시간을 방황했다. 세상 어딘가에서 붉은 실을 매고 나를 기다리고 있을 그 사람을 찾기 위해서 말이다.

그때까지만 해도 한 사람의 '민낯'을 보게 될 줄은 상상하지 못했다. 만남은 대학 시절에 대외 활동을 하며 알게 된 친구가 만들어 준 자리였다. 나는 어째서 친분이 없는 사람이 주선하는 소개팅은 위험하다는 말을 귀담아듣지 않았을까.

초밥집에서 처음 남자를 마주했고 으레 주고받는 형식적인 문답을 이어 갔다. 글쎄 차라리 형식이라도 갖추었으면 좋았으련만. 남자는 교사라는 직업에 궁금증이 많아 보였다. "방학 때도 월급 똑같이 나오나요?" 자리에 앉아 초밥을 한 입 먹기도 전에 받은 질문이었다. 그리고는 편하게 쉬면서 돈을 받으니 좋겠다며 자신의 생각을 덧붙였다. 상대방에 대한 배려가 없는 말에 기분이 상했지만 만난 지 삼십 분도 되지 않아 집에 갈 수는 없었다.

남자는 상대방을 배려하고 존중하는 태도가 부족해 보였다. 상대의 기분을 섬세하게 보살펴 주고 마음을 헤아려 주는 사람이 이상형이었던 나는 크게 실망했다. 그런 내 표정을 읽었는지 남자도 조금씩 불편한 기색을 내비치기 시작했다. 대화는 고장 난 자동차에 억지로 탄 것처럼 자주 멈췄고 창밖을 바라보는 순간이 늘어났다.

분명히 한 테이블을 사이에 두고 마주하고 있으면서
도 그와 나는 계속 어긋났다. 커피 두 잔을 번갈아 보며
어색한 기운이 감도는 시간을 버티고 있었다. 서로에게
건넨 말들은 어디에도 흡수되지 못하고 자꾸만 공중에
서 부서졌다.

남자는 본격적으로 불편한 기색을 내비치기 시작했
다. 그는 내게 평소에 취미가 무엇이냐고 물었고 나는
책 읽는 것을 좋아한다고 답했다. 그러자 그는 "저는 책
잘 안 읽어요. 전공서는 도움이 되니까 보는데 그냥 책
많이 읽는 사람들 좀 한심해 보이던데."라고 말했다. 남
자는 도착지를 모르고 맹렬히 질주하는 기관차 같았다.

이어서 내 휴대폰 케이스에 그려진 라이언 캐릭터를
보고는 "저 캐릭터 표정이 멍청하고 둔해서 별로던데."
라고 말했다. 그는 뭔가 심사가 단단히 꼬인 듯했다.

그는 상대방의 취향을 무시하는 말을 아무렇지도 않
게 이어 갔다. 불만인지 공격인지 모를 말들. 그동안 소
개팅을 하고 나서 상대가 나와 맞지 않는다고 생각한

적은 있었지만 사람 자체가 부족하다고 느낀 적은 없었다. 그런데 그는 무언가 심각하게 결핍된 사람 같았다.

그는 서울의 유명한 대학교를 졸업하고 이어서 대학원에 진학했다고 했다. 이과 계열의 학과에서 무언가를 연구 중이었고, 자신이 개발한 프로그램으로 사람들의 삶을 윤택하게 만들고 싶다고 했다. 그 분야에서는 쉽게 억대 연봉을 벌 수 있을 것이라고도 했다. 모든 것이 사실이더라도 타인을 위한다는 연구의 동기는 믿기 어려웠다.

벼락같은 시간을 견디고 집으로 돌아가는 길. 주선자에게 전화를 걸어 하소연을 하고 싶었지만 조금도 엮이고 싶지 않아 관두었다. 그 만남은 당연히 마지막이 되었고 서로 잘 들어갔냐는 문자 메시지조차 나누지 않았다.

살다 보면 타인의 삶을 마음대로 재단하고 평가하는 무례한 사람들이 예고 없이 찾아오곤 한다. 그들은 마치 벗어날 수 없는 거대한 위계 안에서 살아가는 것만 같다. 무시무시한 규율로 가득 찬 곳에서 사는 그들에게 타인의 정서와 감정은 중요하지 않다. 가시 돋친 말로 상대방에게 상처를 주면서도 정작 그들은 알아채지 못할 테니.

그와의 짧은 만남을 통해 상대방을 대하는 말과 태도가 얼마나 중요한 것인지 되새길 수 있었다. 아주 궁금한 것이라도 상대방과 친해진 후에 조심스럽게 물어볼 것. 아무리 나와 성향과 달라도 그의 취향을 비난하지 않을 것. 나중에 볼일 없는 사람이더라도 최소한의 예의는 지킬 것.

몇 년이 지나 이름조차 기억이 나지 않는 그 남자. 지금의 그는 어떤 모습일까. 다른 사람들의 삶을 편안하게 만들고 싶다던 그의 목적이 사실이었기를. 사람은 해를 거듭할수록 성숙해진다는 말이 그에게도 자연스레 받아들여지기를 바랐다.

잠시 어른의 눈을 감는다

사람들의 발걸음이 유난히 재빠르고 차들의 경적 소리가 끊이지 않는 강남역 사거리. 서둘러 글쓰기 강연을 들으러 가는 길이었다. 허기를 달래기 위해 낯선 김밥집에 들어갔다. 제대로 된 간판도 없이 골목길 구석에 있는 허름한 가게가 달갑지 않았다.

매상에 별 도움이 되지 않을 김밥 한 줄을 미안한 표정으로 주문했다. 쿠션이 다 해져 솜뭉치가 튀어나온 의자에 앉으며 생각했다. 이런 곳은 가게 월세 맞추려면 좋은 재료는 못 쓰겠지. 평소 같으면 별 신경 쓰지 않았을 김밥 재료 원산지를 유심히 살펴보았다.

나도 모르는 사이에 가게를 경계하고 있었다. 고작 김밥 한 줄 먹고 가는 그 짧은 시간에도 난 뭐가 그렇게 불편했을까. 겨우 배를 채우고 일어서는데 이번에는 접시에 덩그러니 남겨진 김치가 눈에 들어왔다. 혹시 남은 반찬들을 재사용하지는 않겠지. 곧 불편한 생각이 따라왔다.

어른이 되면서 보이지 않던 것들이 눈에 들어오기 시작했다. 서로를 속고 속이는 씁쓸한 사연과 두 눈을 질끈 감게 만드는 뉴스를 자주 접한 탓일까. 세상을 맑고 따뜻하게 보던 천진한 시선은 자꾸만 뒤로 밀려났다.

정체 모를 불안을 떨쳐 내고 김밥집에서 나와 다시 강연장으로 향했다. 거대하고 튼튼한 건물에 수많은 상가들이 밀집해 있었다. 건물의 직선과 곡선을 살펴보다가 홀로 비어 있는 상가 앞에서 잠시 발걸음을 멈췄다. 불이 꺼져 어두운 유리창에 붙은 하얀 종이에는 '임대 문의' 문구가 적혀 있었다. 화려한 도시의 네온사인과 어울리지 못하는 흰색 종이가 창백해 보였다. 가냘픈 종이는 임대 문의라는 네 글자의 무게를 버티느라 고단해 보였다.

　이제 가게 사장님은 어디에서 무얼 하실까. 어둡고 캄캄한 그곳에 그 사람의 꿈도 잠들어 있지는 않을까. 부푼 꿈을 안고 사업을 시작했을 그 사람이 걱정되었다. 왜 더 좋은 곳에서 사업을 확장했을 거라는 생각이 먼저 들지 않았을까. 그가 짊어지고 살았을 삶의 무게가 어렴풋이 느껴졌다.

　도시에는 어두운 구름이 깔리고 비가 내리기 시작했다. 다행히 빗줄기가 굵어지기 전에 강연장에 도착했다. 도서관에서 진행되는 글쓰기 강연은 직장인들을 배려해 저녁 7시에 시작해 9시까지 진행됐다. 뿌듯한 마음으로 도서관에 들어서는데 도서관 직원들이 여럿 남아 있었다. 과연 모두가 긍정한 야근이었을까.

　나에게는 설레는 글쓰기 강연이었지만 누군가에겐 야근을 동반해야 하는 고된 업무였다. 평소보다 피곤하고 피로한 하루였겠지. 애달픈 직장인의 일상이 내 안에 머물다 사라졌다.

살면서 우연히 마주하는 한 장면도 쉽게 돌아설 수 없게 되어 버린 어른의 눈. 어른이 되면 누가 알려 주지 않아도 세상에 숨겨진 이야기를 읽을 수 있게 된다. 누군가 말하지 않아도 애써 제 모습을 드러내지 않아도 그 이야기를 들을 수 있다.

낯선 사람을 경계하고 의심하다가도, 얼굴도 모르는 누군가의 삶이 무사하고 안녕하길 바라게 된다.

강연을 다 듣고 집으로 가는 발걸음은 느리고 무거웠다. 사람들의 삶의 무게가 옮겨 온 탓일까. 서로의 삶을 응원하는 작고 미약한 힘으로 그 무게를 나눠 질 수 있다면 좋을 텐데. 집으로 향하는 지하철에서는 잠시 어른의 눈을 감았다.

영어 실력과 빈부 격차의 상관관계

들기름으로 번들거리는 은박지를 걷어 내고 나무젓가락을 떼어 김밥 하나를 집어 들었다. 대학을 다니는 동안 법학관 식당에서 대체 몇 줄의 김밥을 먹었을까. 용돈이 부족하고 시간도 없었던 그때 내 점심 메뉴는 대부분 김밥이었다.

나에게 대학 시절은 낭만과 설렘으로만 가득 찬 시기는 아니었다. 평범한 캠퍼스 생활을 이어 가기 위해서는 통장에 주기적으로 들어오는 정량의 숫자가 필요했다. 그 숫자를 만들기 위해 아르바이트를 하고 장학금을 받으며 매 학기를 가까스로 버텼다. 그래서 평소에 관심이 있었던 강의보다 무난하게 좋은 학점을 받을 수 있는 수업을 고를 수밖에 없었다. 매 학기 그런 기준으로 시간표가 완성되었고 정작 따르고 싶은 교수님의 수업은 포기할 수밖에 없었다.

어렸을 때부터 영어를 잘하고 싶었다. 수험생 시절에는 영어로 막힘없이 대화하는 친구들이 그렇게 대단해 보였다. 대학에서 영어 공부에 집중할 수 있는 시기가 오면 꼭 열심히 하겠다고 다짐을 하곤 했다. 그때 마음을 떠올리며 가을 학기에 영어 교양 수업 하나를 신청했다.

강의 첫날이었다. 동기들과 오리엔테이션을 들으러 갔다. '아직 시간표가 확정된 건 아니니까.' 영어 수업에 대한 기대와 걱정을 동시에 안고 강의실로 향했다. 교수님께서는 강의 순서와 내용을 설명해 주셨다. 그리고 개인적인 의견이라며 말씀을 이어 가셨다. 벌써 십 년 전 일이 되었지만, 기억이 나는 대로 적어 보자면 이렇다.

"모두가 그런 것은 아니겠지만 평균적으로 소득이 높은 지역과 그렇지 않은 지역의 자녀들 사이에서 영어 실력 격차가 나타납니다. 고소득 직업을 가진 부모들의 자녀들은 영어의 중요성을 미리 알고 좋은 원어민 선생님과 일찍부터 영어 공부를 시작합니다. 반면에 그렇지 않은 지역에서는 영어 교육에 큰 비용을 쓰기가 쉽지 않겠죠. 그 단순한 차이는 사회에 나와서 실력의 차이를 낳고 또다시 소득의 격차로 이어집니다."

여기까지 들었을 때는 교수님의 말씀이 지나치다고 생각했다. 교수님은 학생들이 모두 고소득층의 자녀라고 착각하시는 걸까. 그것도 아니면 이런 섣부른 말이 학생들에게 상처가 될 수 있다고 생각하지 못하는 걸까. 이런 의문들이 점점 분노의 감정으로 이어질 때쯤 교수님께서 한 말씀을 덧붙이셨다.

"그래서 저는 여러분이 대학에 다니면서 영어 공부를 열심히 하고 결국은 영어를 잘하게 되었으면 좋겠습니다. 이제 여러분은 누군가의 자녀가 아니라 스스로 인생을 결정할 수 있는 어른이니까요."

그 말을 듣는 순간 낙서하던 볼펜을 놓쳐 버렸다. 교

수님의 말씀이 맞았다. 이제 환경을 탓하며 어리광을 부
릴 나이는 지났다. 진짜 어른이 된 것이다.

만약 인생도 소설처럼 창작할 수 있다면 나는 교수님
의 말씀에 감동을 받고 영어 실력이 급격하게 늘었어야
했다. 하지만 아쉽게도 현실은 너무 달랐다. 교수님의
진심이 담긴 말씀보다 학점을 안정적으로 받는 게 더 중
요했다. 당장 내가 만들어야 하는 통장의 숫자는 그 누
구도 대신 해결해 줄 수 없었으니까.

결국 교수님 말씀대로 된 것일까. 여전히 나의 영어
실력은 대학생 때와 크게 달라지지 않았다. 살면서 영어
를 못해서 불편했거나 피해를 본 적은 없었지만, 영어를
잘했다면 더 많은 기회가 주어졌을 거라는 생각은 많이
했다.

세월이 흐르고 보니 인생에서 단 한 번 마주했던 교수
님이 어떤 마음으로 마이크를 드셨을지 짐작할 수 있게
되었다. 강의실에 앉아 있는 제자들보다 먼저 발을 내딛
은 사회는 생각보다 그리 만만하지 않았기에. 인생의 선

배로서 무엇이라도 하나 더 주고 싶으셨겠지. 어쩌면 그 말들은 당신 스스로를 버티게 해 준 버팀목이었을지도 모르겠다.

아직도 영어 공부에 대한 갈증은 새해가 될 때마다 꺼지지 않은 불씨처럼 다시 활활 타오른다. 인생의 숙제 같은 존재라고 할까. 아마도 영어에 대한 아쉬움에는 지금보다 더 여유롭고 나은 삶을 살고 싶다는 마음이 담겨 있는 듯하다. 내면 깊은 곳 어딘가에 남아 있는 결핍을 채우고 아픔을 지우기 위해서라도 영어를 잘하는 사람이 되어야겠다.

You should not give up,
even if you think you have hit a wall.

(벽에 부딪혔다고 생각되더라도 포기해서는 안 된다.)

마음마저 늙어 버리고 나면

"기자 양반이 안 도와줬으면 아마 한참을 더 헤매고 있을 거야. 몸은 늙는데 마음은 안 늙으니 힘드네." 뉴스에 나온 할머니는 영화관에서 키오스크 무인판매기로 예매하는 걸 어려워하셨다. 익숙하지 않은 기계를 마주하고 당황해서 어쩔 줄 몰라 하는 할머니의 모습이 애잔했다.

사람마다 기술의 발전을 체감하는 속도가 다른 모양이다. 그 속력은 젊은 사람들보다 나이 든 사람들을 훨씬 더 빠르게 앞질러 갔다. 사람들의 편리한 생활을 위해 만들어진 기계는 정작 인간의 마음을 알아보지 못했다. 당신의 말을 알아듣지 못하는 기계와 호흡을 맞추기 위해 속도가 빠른 사람들이 정해 놓은 소통 방법을 뒤늦게 배우는 노인들의 뒷모습이 힘겨워 보였다.

화면은 곧 다음 뉴스로 바뀌었다. 연일 반복되는 코로나, 확진자, 거리 두기는 더 이상 사람들의 이목을 끌 만큼 심각한 단어가 아니었다. 뉴스의 화면은 계속해서 넘어갔지만 내 머릿속은 할머니의 말끝에 여전히 매달린 채 정지되어 있었다. 마음속에는 뜨끈하고 묵직한 무언가가 눌어붙어 있는 기분이었다.

"나이가 든다는 건 글쎄……."

옆에서 뉴스를 보고 있던 엄마는 나보다 더 할머니의 마음을 실감하는 듯했다. "저 할머니 말이 맞지. 몸은 늙는데 마음은 안 늙으니 문제지." 엄마는 할머니의 구슬픈 말을 따라서 읊조렸다. 그러다가 이내 말을 바꾸셨다. "아니다. 마음까지 같이 늙어 버리면 그게 더 서글프려나." 세월의 흐름에 공감하는 엄마의 말이 또렷하게 다가왔다.

오래전 시집올 때 해 온 장롱만큼이나 몸은 낡아 가는데 마음만은 연애 시절 그대로인 상태가 더 나을까, 아니면 녹슨 뱃머리만큼 낡고 쪼그라든 어부처럼 몸도 마음도 함께 늙어 가는 게 나을까. 차츰 무리로부터 소외되어 가고 있는 그들의 내쳐짐과 그로 인한 상실감이 파도처럼 밀려들어 왔다.

나이가 드는 건 아마 새벽의 어스름이나 노을이 지는 풍경처럼 낭만으로만 설명되지는 않을 듯하다. 어쩌면 끝도 없이 펼쳐지는 황량한 백사장에 홀로 남겨진 기분이 들지도 모를 일이다. 청춘의 길에서 스스로 내려와 늙음을 겸허히 받아들이는 일이란, 아직 짐작하기조차 어렵다.

불현듯 까칠하고 퉁명스러운 어른들이 떠올랐다. 그들처럼 오랜 세월을 견뎌 보지 않아서 이해할 수 없었던 부분도 있었을 텐데. 세대가 다르다는 이유로 내 삶에서 배제해 온 분들에 대한 불편함이 천천히 잦아들 것 같다. 서서히 옅어질 듯하다.

기사님 오늘도 좋은 날 되세요

   집으로 가는 312번 버스를 무려 사십 분 넘게 기다렸다. 오랜만에 출근을 해서 몹시 지쳤었고 지친 하루를 보상받아야겠다는 욕심에 식사도 건너뛰고 카페까지 들렀다. 체력은 완전히 방전 상태. 종아리는 퉁퉁 부어 욱신거렸고 저녁 끼니도 커피로 때워 허기가 온몸을 덮쳤다. 오랜만에 찾아온 노동의 무게에 깔려 당장이라도 길바닥에 주저앉을 기세였다.

   배차 간격이 긴 마을버스는 버스정류장에 붙은 시간표에 따라 움직였다. 그런데 그날은 유난히도 버스가 오지 않았다. 멍하니 앉아 하늘만 바라보며 시간을 계속 흘려보냈다. 원래 오기로 되어 있던 버스가 오지 않았고 다음 버스는 사십 분이 지나고 나서야 도착했다. 대중교통을 이용하다 보면 흔하게 있을 수 있는 일이라 생각하곤 했는데. 이날은 날카로운 감정이 새어 나가고 말았다.

"기사님, 버스 시간표가 바뀌었나요?" 내 말은 존칭과 존댓말로 포장되어 있었지만 불만이 잔뜩 묻어 있었다. "손님, 오래 기다렸나 봐. 퇴근 시간에는 길이 막혀서 배차 간격을 장담하기 어려워요." 아저씨는 승객들의 불편을 알고 있다며 양해해 달라는 말씀을 하셨다. 사정을 설명하는 기사 아저씨께 배차 간격이 맞지 않을 수 있다는 안내 문구라도 적어 주셨으면 좋겠다고 쏘아붙이곤 자리에 앉았다.

마음에 남은 짜증을 잠재우며 다시 핸드폰에 저장된 버스 시간표를 봤다. 그때 마치 온몸이 돌덩이처럼 굳어 버리는 것 같았다. 눈동자가 초점을 잃은 듯 흔들렸다. 오후 8시 시간대 버스를 기다리면서 18시 시간대 시간표를 본 것이었다. 머리카락이 삐쭉삐쭉 서 있는 듯했다. 머릿속에서는 수많은 생각이 드나들었다. 두 눈을

59

기사님 오늘도 좋은 날 되세요

질끈 감아 버렸다.

내가 틀렸을 수 있다는 생각을 왜 하지 못했을까. 왜 이렇게 쉽게 감정을 드러내 보였을까. 나는 왜 타인의 실수를 너그럽게 이해하지 못했을까. 경솔한 내 모습이 너무 부끄러웠다.

직장에서는 선배의 말도 안 되는 요구를 묵묵히 감내하기도 하고, 학부모의 무례한 언행도 꿋꿋이 참던 내가 왜 이토록 사소한 일에 감정을 내보였을까. 혹시 나와 오래 볼 사람이 아니라서 더 쉽게 감정이 나온 건 아닌지 스스로가 의심스러웠다. 실망감은 꼬리의 꼬리를 물다가 끝내 나를 삼킬 것 같았다.

집으로 향하는 버스 안에서의 십 분이 그렇게 길게 느껴질 수 없었다. 버스 바퀴도 침묵을 견디기 힘들다는 듯 더 빠르게 달리는 듯했다. 집에 도착하고 망설임 끝에 용기를 내어 기사님께 사과드렸다. "기사님, 사실은 제가 버스 시간표를 잘못 본 것 같아요. 정말 죄송합니다."

매몰차고 따끔한 말이 돌아올 거라 생각하고 고개를 푹 숙인 나에게 아저씨는 언성을 높이는 대신 지그시 웃으며 답했다. "아니에요. 괜찮아요."

아저씨의 이해와 너그러움에 잠시 할 말을 잃고 멍해졌다. 몇 초의 정적이 긴 충격으로 남았다. 죄송하다는 말을 몇 번이나 거듭하고 도망치듯 버스에서 내렸다. 집으로 향하는 길은 유난히 어두웠다. 아저씨의 아량은 나를 되돌아볼 수 있는 투명한 거울이 되어 돌아왔다. 아찔했던 시간을 돌이켜 곱씹으며 집을 향해 걸었다.

다음 날 출근길에 탄 버스에서 같은 기사님을 만났다. 혹시 마주치지 않을까 하는 마음에 준비해 두었던 캔커피를 건네 드렸다. "기사님, 오늘도 좋은 하루 되세요." 아저씨는 어제와 같은 미소를 띠며 대답해 주셨다. "그래요. 우리 좋은 하루 돼요."

기사님의 말씀 덕분인지 그날은 햇살마저 너그럽고 따스한 날이었다. 분명 312번 버스도 따스함으로 가득 찼을 것이다.

자그마한 동네 책방을 찾는 이유

낯선 지역에 갈 때면 습관처럼 독립서점을 검색한다. 대형 서점과 달리 동네 책방에는 책방지기만의 감성과 시선이 묻어난다. 규모가 작아 오래 머물기에 눈치가 보이기도 하고, 때로는 찾는 책이 없을 때도 있지만 책을 좋아하는 누군가의 손길을 온전히 느낄 수 있는 특별한 장소다.

책방에 들어서면 가장 먼저 서가를 꼼꼼히 살핀다. 음식처럼 독서에도 편식이 있다. 제 입맛에 맞는 장르와 주제만 찾아 읽다 보면 오히려 좁은 시야를 가진 편협한 사람이 될지 모른다. 책방 주인의 정성으로 가득 채워진 책장을 찬찬히 살피다 보면 더 넓은 세상을 탐험하는 듯한 기분이 든다. 책 표지 위에는 책에 대한 감상이 적혀 있다. 크래프트지 위에 손 글씨로 빼곡하게 적은 주인의 정성이 책을 더욱 빛나게 한다.

집에 와서도 동네 책방에서 사 온 책에는 한 번 더 눈길이 간다. 책방에 머물며 차분히 떠올렸던 생각들도 어느새 내 방 안까지 따라온다. 책방의 여운과 잔상이 책을 읽는 내내 보드랍게 내 곁을 감싸 준다.

동네 책방에는 책만 있는 것이 아니다. 사람이 있다. 조금 더 정확히는 책을 좋아하는 사람들이 있다. 책방을 자주 찾다 보면 그런 사람들과 만날 기회가 늘어난다. 책방 주인과 대화를 나누기도 하고 글쓰기를 좋아하는 사람과 인연을 맺기도 한다.

책을 매개로 이어진 사람들에게는 왠지 모르게 경계가 무너지고 마음이 무장 해제된다. 책을 소중히 여길 줄 아는 사람이라면 왠지 사람의 마음도 귀하게 대할 거라는 믿음이 있기에. 그런 우연 같은 인연으로 사람을 얻을 때면 어느 때보다 마음이 풍요롭다.

오늘도 자그마한 책방에 머물다 집으로 발길을 돌린다. 공간의 크기는 작을지 몰라도 그곳에서는 누구의 이야기도 작지 않다. 뛰어난 필력을 가진 이름난 작가만이 주목받는 공간이 아니라, 책과 글을 애틋하게 여길 줄 아는 사람이라면 모두가 주인공이 될 수 있는 이곳이 참 어여쁘다.

나도 언젠가 책방을 열어 나만의 색깔로 서가를 꾸미고 사람들의 이야기로 차곡차곡 채울 그 공간을 가만히 그려 본다.

저도 기분이 나빠도 괜찮을까요

어딜 가서도 남에게 쉽게 쓴소리를 하지 못하는 성격이다. 식당에 가서도 웬만한 음식은 맛있게 먹는 편이고, 미용실에서 머리가 마음에 들지 않게 나와도 별말 없이 나온다. 기대에 미치지 못하는 영화를 보고 나서도 억지로 좋았던 장면을 찾고, 교통이 불편한 곳에 살면서도 운동이 되어 좋다며 불만을 다독인다.

사람을 대할 때도 다르지 않았다. 상대방의 기분을 상하게 만들고 싶지 않아서 내 기분을 제대로 표현하지 못한다. 만나고 나면 무언가 석연치 않은 구석이 남는 사람과도 꾸역꾸역 우호적인 관계를 유지한다. 그런 성격이 스스로도 불편하고 피곤했지만 사람들과 좋은 관계를 유지하며 사는 게 바람직하다고 믿으며 지내 왔다.

"선생님 나이가 아직 어리고 아이도 안 낳아 보셔서 애들을 잘 못 다루시는 것 같아요." 심지어 학부모에게 이런 무례한 말을 듣고도 괜찮다고 말했다. 애써 그 말에 큰 의미를 두지 않았다.

'내가 별일 아니라고 생각하면 그만이지.' 그때는 정말 그렇게 생각해 버리면 괜찮을 거라 생각했다. 짜증과 화로 가득한 속내를 내비치지 않기 위해 몇 번이고 나를 다잡았다. 그런데 나는 꽤 오랫동안 그 말에 갇혀서 벗어나지 못했다. '지금은 서로에게 존중이 필요한 때인데 말씀이 좀 지나치십니다.' 이렇게 답했어야 했는데 하며 내뱉지 못한 말이 가슴속을 맴돌았다.

아마 다시 그 상황으로 돌아간다고 해도 나는 그 말이 언짢다는 내색을 하지 못할 것이다. 멍들고 생채기가 난 내 상태보다 상대방과 좋은 관계를 유지하는 게 더 우선이었으니까. 어쩌면 감정을 드러내는 일에 인색한 이유는 나 자신을 제대로 사랑하지 않기 때문일지도 모른다는 생각이 들었다. 누군가가 나를 떠올릴 때 선하고 편안한 사람으로 기억해 주길 바랐다. 그래서 누구에게나 밝고 긍정적인 사람으로 보이기 위해 애를 쓰며 살았다.

직장을 나와 잠시 혼자 지내다 보니 저절로 알게 되었다. 나를 지치고 조급하게 내몰던 것은 사실 다른 사람이 아니라 나 자신이었다는 것을. 그동안 타인의 소리에 묻혀 외면받았던 내면의 나에게 조용히 말을 걸어 본다.

내 감정은 다른 누구보다 내가 먼저 들여다보고 헤아려 주어야 한다. 지금 깨달은 것들이 어디론가 흩어지지 않고 오늘 남긴 글처럼 내 안에 남아 주었으면 좋겠다.

겨울날 공원에서 마주한 것

포근하고 한적한 평일 오전. 반가워서 더욱 따스하게 느껴지는 겨울 햇살을 맞으며 공원을 걸었다. 예상대로 사람은 많지 않았고 며칠 전에 읽은 소설의 분위기처럼 고요했다. 적당한 추위를 느끼며 걷는 시간. 늦겨울의 적막이 마음에 들었다.

고개를 돌리니 초록이 지나간 갈색 잔디 위에 어떤 남자와 여자가 멀찍이 앉아 있었다. 두 사람 사이에 솜털처럼 작고 어여쁜 강아지 한 마리가 왔다 갔다 하기를 반복했다. 강아지는 남자에게 안겨 사랑을 듬뿍 받다가 여자가 이름을 크게 부르자 그녀에게 풀쩍 뛰어가 안겼다. 하얀 강아지를 품에 안은 그들의 표정은 이미 봄이었다. 따스한 장면을 바라보니 내 마음도 저절로 포근해졌다.

공원을 조금 더 걸으니 스무 살 즈음으로 보이는 연인이 벤치에 앉아 있었다. 두 손을 꼭 잡고 핸드폰 영상에 집중하고 있었다. 자유분방한 옷차림을 한 그들은 깔깔소리 내어 웃을 수 있는 것만 좋아할 것이라 생각했는데. 내 생각과 달리 그들의 표정은 엄숙하고 진지했다. 두 사람은 타인이 들어갈 수 없는 둘만의 공간에 있는 듯했다. 두 사람만이 공유하고 있는 형용할 수 없는 견고한 무언가가 느껴졌다.

햇볕에 뜨끈하게 데워진 공기의 온도가 조금씩 차가워지는 것을 느끼고 집으로 발걸음을 돌렸다. 공원을 나가는 길목에 전동 휠체어를 탄 할아버지가 계셨다. 할아버지는 지인과 큰 목소리로 통화를 하고 있었다. 누군가 편찮으시다는 연락을 받은 것 같았다. 아니면 혹시 부고였을까.

"그러게, 내가 이천까지는 갈 도리가 없으니 어째. 건강 관리 잘하고." 무심한 말씀을 끝으로 전화를 끊으셨다. 누군가를 그리워하는 노인의 마음이 공원을 애잔하게 맴돌았다. 시간으로 따지면 노인의 삶은 노을이 질 무렵이겠지. 우연히 들은 노인의 말이 차갑고 시린 눈꽃이 되어 내 마음에 내려앉았다.

아이들에게 품사를 가르치는 시간이 있었다. 사물의 이름을 지칭하는 명사를 구체성에 따라 추상명사와 구체명사로 나눌 수 있다고 설명했었다. 눈에 보이지 않는 희망, 행복은 추상명사. 눈에 보이는 자전거, 접시는 구체명사. 그런데 오늘 공원을 걸으며 내 설명이 때로는 틀릴 수도 있다는 생각을 했다. 이날 공원을 거닐며 형태가 없는 줄만 알았던 사랑, 그 자체를 마주했기 때문이다.

주변을 따스한 시선으로 살펴보면 소중한 것들이 내 곁에 있다는 것을 발견하게 된다. 공원을 걸어 나와 횡단보도를 건너는데 문득 그리운 사람들이 떠올랐다. 공원에서 마주한 것들을 전해 주고 싶다는 생각이 들었다.

시선이 닿는 모든 순간에게

밖으로 꺼내기 쑥스러워 마음에만 머물던 말들도 함께.

　사랑은 생각보다 거대하고 웅장한 형태도, 아주 각별한 사이에서만 나타나는 것도 아닌 것 같다. 사랑은 사소한 말과 행동에서 제 존재를 드러내고 또다시 주변을 사랑으로 물들이니 말이다.

겨울날 공원에서 마주한 것

서로의 인생이 안녕하길 바란다면

친구와 다투고 상실감에 빠져 힘들어하는 학생을 볼 때면 유독 마음이 쓰이곤 했다. 어린 시절의 나를 마주하는 듯했기 때문이다. 속상해하는 학생의 마음에 내가 고스란히 투영된 느낌이랄까.

나 역시 학교를 다니기 시작하면서 인간관계에 대한 갈등을 처음 겪었다. 서른 명이 넘는 친구들과 단지 같은 반이 되었다는 이유로 가족보다 더 오랜 시간을 보내야 했다.

이제야 생각해 보면 처음부터 성향이 다른 친구들과

일 년 동안 사이좋게 지내는 것은 불가능한 일이었다. 심지어 그때는 배려에 익숙하지도 않고 인간관계에서 발생하는 사고와 같은 문제를 의연하게 대처하기에도 힘든 나이였다.

그건 어른이 된 이후에도 마찬가지였다. 다른 사람의 마음과 내 마음을 톱니바퀴처럼 딱 맞출 수 없다. 그래서 서로 적절히 타협하고 거리를 두며 균형을 유지한다. 사람의 마음과 성향은 모두 같을 수 없기에 몇몇 사람들과 관계가 좋지 않은 건 그저 날씨가 맑았다가 흐렸다가 하는 것처럼 자연스러운 일이다.

요즘 한 친구와 멀어지게 되었다. 각자의 삶을 바쁘게 살다 보니 친구와 나는 서로 연락이 뜸해졌고, 그러면서도 다른 지인들과는 자주 연락을 하는 나에게 친구는 서운함을 느꼈다. 그렇게 시작된 사소한 오해는 과거의 다툼을 상기시켰고 마음 한구석 어딘가에 남았던 미움의 불씨가 다시 타오르게 되었다. 그토록 쉽게 과거의 상처가 환기되었던 건 지난날의 오해를 제대로 풀지 못했기 때문일 것이다.

서른 즈음이면 관계에 능숙한 어른이 될 줄 알았는데. 아직도 어렵고 벅차다. 친구에 대한 생각을 지워 보려고 아무리 애를 써도 이미 종이 위에 새겨진 연필 자국처럼 완전히 사라지지 않았다. 미움을 받는 일은 어른이 되어서도 여전히 감당하기 어려운 일인가 보다.

"그런 일이 있었구나. 그런데 이제 멀어지는 사람이 있어도 괜찮아." 다른 친구에게 고민을 털어놓았더니 괜찮을 거라는 말을 시작으로 나와 비슷한 자신의 경험을 들려주었다. 자신도 소중한 친구들과 의도하지 않게 멀어지게 되었는데 이미 어긋난 관계를 돌이킬 용기가 나지 않았다고 했다.

친구와 이야기를 마치고 카페를 나서는데 마침 봄비가 내리기 시작했다. '살면서 만나는 수많은 사람들과 자로 잰 듯이 똑같은 크기의 마음을 주고받을 수는 없는 거겠지.' 빗방울은 쏟아지다가 잦아들다가를 반복했다. 관계의 고민으로 얼룩진 내 마음도 빗물을 따라 씻겨 내려가는 듯했다. 어둡고 고요한 마음 틈새로 한 줄기 빛이 새어 들기 시작했다.

멀어진 친구가 얼마나 좋은 사람인지 잘 알기에 속상한 마음은 여전하지만, 그보다 나를 빗속에 홀로 두지 않는 일에 더 집중하려 한다.

저만큼 멀어진 인연은 다 그럴 만한 이유가 있는 거겠지. 서로의 인생이 안녕하길 바라며 지내다 보면 언젠가 다시 만나 웃을 날이 올 거라 믿는다. 그날까지 친구도 비 오는 날 기꺼이 우산이 되어 주는 사람들 품속에서 안녕하기를.

앞으로도 계절의 순환을 반복하면서

우리는 함께 익어 갈 것이다

가끔은 뜨거운 햇볕을 만나

고단하고 거친 폭풍에 지쳐 삶이 힘들지도 모른다

그런 때에도 서로에게 여린 벚꽃처럼

위안을 주는 소중한 존재가 되었으면 좋겠다

부디 우리가 함께 보낼 사계절에

초록의 싱그러움과 열매의 달콤함이

더 자주 찾아와 주길

2부

✳

**쓸쓸한 날이면
어김없이 떠오르는**

Writing

벚꽃 내리는 날 만난 우리

4월, 벚꽃, 진해 군항제.

벚꽃을 보면 눈이 부시게 아름답던 진해가 떠오른다. 서먹했던 그 사람도 어느새 내 기억 속을 걷고 있다. 어쩐지 그 사람을 떠올리면 내 마음에도 벚꽃 잎이 떨어지는 풍경이 펼쳐졌다. 봄바람을 타고 옷깃에 내려앉은 꽃잎처럼 그 사람은 내게 갑작스럽게 찾아왔다.

우리가 서로를 또렷이 기억하는 첫날은 사월 진해에서 벚꽃 축제가 열리던 날이었다. 스물여덟, 이십 대의 끝자락을 보낼 무렵이었다. 왠지 모르게 청춘이 저물어

가고 있다고 느끼던 그때. 더욱 화려하고 찬란하게 흩날리는 벚꽃 풍경이 보고 싶었다.

진해로 가는 당일치기 벚꽃 여행을 신청했다. 그리고 같은 날 그 사람도 진해로 향하는 버스에 올랐다. 우리 둘은 진해에 도착하고 나서야 서울에서 그렇게 먼 도시라는 것을 알게 되었다. 우리는 우연에 우연을 거듭해 서로에게 맞닿았다.

태어나 처음으로 마주한 벚꽃의 도시 진해. 낮잠을 자는 아이의 꿈결에 몰래 들어온 듯한 기분이 들었다. 이불에 얼굴을 묻고 단잠이 든 아이의 얼굴처럼 평온한 풍경이었다.

꽃잎은 그리웠던 누군가를 반기듯 꽃잎은 아름답게 춤을 췄다. 그러다 사람들의 품으로 살며시 착지했다. 초등학교 놀이터에 심어 둔 교목에도, 동네 슈퍼마켓의 정겨운 나무에도, 거리에 서 있는 가로수에도 모두 벚꽃이 피어 있었다. 사람들은 진해의 꽃길을 걸으며 향기에 취해 즐겁게 웃다가도 이내 깊은 상념에 잠기곤 했다.

아마도 이 장면을 고스란히 담아 전해 주고픈 사람을 떠올렸겠지.

우리가 서로에 대해 아는 것은 같은 해에 태어난 동갑내기라는 것뿐이었다. 이날 서로의 이름을 알게 되었고, 목소리를 익히게 되었고, 웃는 표정을 기억하게 되었다. 처음 만나 어색했던 사이였기에 둘이 같이 찍은 사진은 남아 있지 않지만 서로를 담은 사진은 간직하게 되었다. 그 사람의 사진은 나에게. 나의 사진은 그 사람에게.

이윽고 해는 저물고 꽃잎도 달빛을 이불 삼아 잠이 드는 때가 되었다. 우리는 아쉬운 마음을 뒤로하고 서울로 향하는 버스로 발길을 돌렸다.

"나 놀이터 옆에서 찍은 사진 꼭 보내 줘."
"글쎄, 나한테 하는 거 봐서."

사진을 핑계로 연락을 주고받기 시작했다. 벚꽃을 배경으로 찍은 서로의 사진은 우리를 가깝게 만들었다. 서로를 떠올리는 순간이 점점 늘어났고 더욱 선명해졌다.

사소한 것들이 궁금해지기 시작했다. 밥은 잘 먹었는지, 잠은 잘 잤는지, 기분은 어떤지…….

그 사람은 다음 날에도 어김없이 내 시간의 문을 두드렸다. 두드림의 울림과 진폭은 나도 모르는 사이에 서서히 퍼져 나갔다. 그의 오늘에 내가 있었으면 했다. 그해 봄은 내 곁을 지나갔는데 그 사람은 지나가지 않았다.

"벌써 봄이네. 우리 그때 찍은 벚꽃 사진 또 보자!"
"그래, 올해는 어디로 벚꽃 구경을 갈까?"

아직도 그날을 추억하며 진해 군항제에서 찍은 사진을 꺼내 보곤 한다. 우리는 이제 각자의 세상에서 따로 살지 않게 되었다. 하나의 세상에서 벚꽃이 피고 지는 봄의 시간을 지켜볼 수 있게 되었다. 그리고 벚꽃처럼 서로를 웃게 만드는 사람으로 자리 잡았다.

앞으로도 계절의 순환을 반복하면서 우리는 함께 익어 갈 것이다. 가끔은 뜨거운 햇볕을 만나 고단하고 거친 폭풍에 지쳐 삶이 힘들지도 모른다. 그런 때에도 서

81

벚꽃 내리는 날 만난 우리

로에게 여린 벚꽃처럼 위안을 주는 소중한 존재가 되었으면 좋겠다. 부디 우리가 함께 보낼 사계절에 초록의 싱그러움과 열매의 달콤함이 더 자주 찾아와 주길.

오늘도 우리는 두 손을 꼭 맞잡고 서로의 기억 속을 사분사분 걷고 있다. 여전히 반갑다.

"있잖아, 우리 내년 봄에는……."

다르지만 같은 우리 남매

　오빠가 입대하던 날. 우리 가족은 아빠가 모는 택시를 타고 논산 훈련소로 향했다. 해가 쨍쨍하고 맑은 날씨와 달리 비좁은 차 안은 우울한 기운으로 가득 찼다.

　네 식구가 함께 어디론가 향한 것은 정말이지 오랜만이었다. 흔하디흔한 가족사진 한 장 없는 무미건조한 우리 가족이 그날은 유난스럽게도 모두가 울었다. 머리를 짧게 깎고서 낯선 무리로 쓸쓸히 걸어가는 오빠의 뒷모습을 보니 부모님의 심정이 나에게도 고스란히 옮겨 오는 듯했다.

오빠와 나는 성격도 다르고 관심사도 다르며 심지어 말투까지 달랐다. 타고난 식성도 성향도 달라서 어렸을 때부터 다툴 일이 많지 않았다. 같은 것이 성씨 말고 또 있을까. 하다못해 성별까지 다르니 어른이 되고 단둘이 따로 만나 놀아 본 기억이 없다.

커 가면서 좁혀지지 않는 남매 사이가 늘 아쉬웠다. 무슨 일이든 어설프게 위로하고 어색하게 축하해 주었다. 어느덧 나 역시 이런 단조로운 관계가 당연해져 버렸다. 뭐라 표현해야 할까. 멀지도 가깝지도 않은 남매 사이가 좋지도 싫지도 않았다.

"오늘 치킨 먹을래?" 무뚝뚝한 오빠가 유일하게 나를 찾을 때는 치킨을 시켜 먹을 때다. 혼자 먹기엔 치킨 한 마리의 양이 부담스럽기도 하고, 오로지 자신만을 위해 치킨을 시키는 것도 부담이 되는 모양이다.

오빠는 내가 치킨보다 초밥을 좋아한다는 사실을 알고 있을까. 내 입맛도 모르고 치킨만 고집하는 오빠가 서운할 법도 한데 매번 치킨을 먹자는 연락이 올 때마다 반갑다. 속으로는 좋으면서도 내 대답은. "애도 아니고 오빠는 아직도 치킨이 좋아?"

오빠를 보면 또 다른 내 모습을 마주하는 것 같아 가슴이 먹먹했다. 마음의 한 모서리가 구겨지는 듯한 느낌이랄까. 별다른 대화 없이 지나가는 날이 그렇지 않은 날보다 훨씬 많은 과묵한 남매지만, 굳이 말을 하지 않아도 나는 오빠의 마음을 짐작할 수 있다. 오빠와 나는 같은 마음을 반으로 떼어 고스란히 짊어지고 자랐을 테니까.

넉넉하지 않은 집안의 장남으로 태어나 고생만 하는 엄마를 보며 오빠는 얼마나 많은 것을 포기하고 내려놓았을까. 아무도 모르게 참았을 그의 독백, 아무런 저항 없이 멈췄을 그의 투정. 아무렇지 않은 척 안간힘을 쓰며 살았을 그의 세월.

어린 남매는 참 많은 것을 소리 없이 보듬어 주며 자랐다. 나는 그런 오빠를 보며 자신의 행복을 다음으로 미루며 살지 말라고 말해 주고 싶었다. 아마도 오빠는 그 말을 가지런히 접어 다시 나에게 주고 싶겠지. 우리가 어렸을 때부터 마음껏 소리치며 다투지 않았던 건 서로 달랐기 때문이 아니라, 너무 일찍 철이 들어 버렸기 때문인지도 모른다.

어느새 훌쩍 커서 맞은 평범한 저녁. 자정이 다 되었는데도 기어이 치킨 한 마리를 시켜 나누어 먹었다. 어쩐지 괜한 상념에 마음이 울적해져 콜라 대신 맥주를 따랐다. 오빠는 왜 맥주를 마시는지 묻지도 않고 자신의 잔에도 조용히 맥주를 따랐다. 요란스럽지 않게.

쓸쓸한 순간을 달래 주는 잔이 하나가 아니라 둘이라 고마운 밤이었다.

서로의 삶에 흔적을 남기는 일

빈틈없이 바쁘고 시끌벅적하게 복잡했던 하루. 일과를 마치고 친구들과 모이기로 한 숙소로 향했다. 시간에도 물리적인 경계선을 그을 수 있다는 듯이 숨이 차도록 바빴던 시간은 저 멀리 홀로 멈춰 서 있다.

한동안 정체 모를 우울감에 빠져 있었다. 눈을 뜨고 하루가 시작되는 것이 반갑지 않았고, 새로운 일을 끊임없이 배워야 하는 일상이 즐겁지 않았다. 내가 꿈꾸는 이상과 현실의 불일치.

목표와 다른 방향으로 발걸음을 떼는 날이 길어질수

록 내 발길은 더욱 구슬퍼졌다. 빛보다 그림자가 더 자주 드리우는 일상이 계속되었다.

이렇게 현실이 주는 답답함에 가슴이 저릿하고 뻐근할 때면 손을 내밀어 주는 친구들이 있다. 대학 시절 같은 동아리에서 만나 십 년째 서로의 삶에 흔적을 남기는 친구들이다. 타고난 성향도, 직업의 분야도 다르며 하다못해 옷 입는 스타일마저 다른 우리는 서로의 다름을 확인할 때마다 더 넓고 다양한 세상을 만난다.

우리는 대화 주제를 한 가지씩 정해서 만나기로 했다. '최근에 새롭게 깨달은 것, 진정한 가족의 의미, 그리고 서른 이후의 삶을 어떻게 살 것인지.' 이야기는 와인을 머금고 LP판에서 흘러나오는 음악을 따라 자정이 넘도록 밤하늘을 순항했다.

굳이 무겁게 느껴질 수 있는 대화 주제를 정해서 만나는 이유는 서로의 마음을 밀도 있게 나누기 위해서이다. 잠시나마 서로의 삶에 깃들기 위해서.

나는 지금 겪고 있는 늦은 사춘기에 대해 털어놓았다. 유년 시절의 결핍이 오랫동안 나를 괴롭게 했고, 아직도 그 안에서 벗어나지 못하는 게 참을 수 없이 답답하다고 말했다. 남들에게 보여 주기 부끄럽고 창피한 감정을 숨김없이 털어놓았다. 마음으로 이어진 관계이기에 속내를 어디까지 비춰야 할지 소모적인 계산을 하지 않아도 되었다.

친구들은 살다 보면 문득 그런 생각이 들 '때'가 있다며 자신의 삶을 하나씩 펼쳐 놓았다. 그때가 각자의 삶에 왔던 시기에 어떤 생각을 했고 어떻게 극복할 수 있었는지도 함께 들려주었다. 자신의 고민과 상처를 주저 없이 내보이는 그 마음이 나에게 고스란히 닿았다.

그 사람을 알고 나면 미워할 수 없다는 말이 있다. 친구들은 이기적인 내 마음을 있는 그대로 들어 주고 이해해 주었다. 대화를 이어 가며 불안하고 공허했던 내 마음이 단단해지는 것을 느꼈다. 친구의 말처럼 오늘 밤부터는 예전보다 더 나를 보듬어 주고 안아 주어야겠다는 다짐을 했다.

우리는 스물에 만나 서른까지 함께했다. 이들은 서로의 삶에 흔적을 남기는 일이 어떤 의미인지, 세월을 함께 보내며 산다는 것이 무엇인지 내게 알려 주었다.

내 청춘에는 항상 이들이 있고, 나 역시 그들의 청춘 안에 있다. 우리는 앞으로도 서로의 삶에 머물게 될 것이다. 이 사실이 창문에 걸린 야경의 불빛들처럼 환하고 아름답게 다가왔다.

쓸쓸한 기억을 괜찮은 추억으로

인생에서 도려내고 싶어도 끈질기게 잘려 나가지 않는 사람이 있는가 하면, 틀림없이 영원한 내 편일 거라 믿었던 사람과 원치 않게 멀어지기도 한다. 아무리 알고 지낸 기간이 길더라도 다큐멘터리의 배경 음악처럼 별다른 감흥 없이 지나가는 사람도 있고, 함께 보냈던 짧은 순간이 자꾸만 마음속에서 짙어져 깊은 인연으로 이어지는 사람도 있다.

사람 사이의 관계는 바람에 따라 모양을 달리하는 물결과 닮아있다. 하나의 모습으로 고정되어 있지 않고 늘 이동하고 변한다. 그러니 상대방에게 적당한 감정의

양을 맞추기 위해서는 매 순간 주의를 기울이고 정성을 다해야 한다. 너무 부족하지 않도록 혹은 아주 넘치지 않도록.

작년에 같은 학교에서 근무하던 동료들을 만났다. 선생님들과 교문에 걸린 '입학을 환영합니다'라는 문구가 '졸업을 축하합니다'로 바뀔 때까지 같은 교무실에서 생활했다. 똑같은 시간과 공간을 공유하며 사계절을 보냈는데도 서로에 대해 아는 것은 많지 않았다.

우리는 일 년 내내 사무적인 용건만 간단히 주고받았다. 각자 맡은 반 학생들에게 집중하기에도 여력이 없었고, 주어진 학사 일정을 맞추기에는 늘 시간이 부족했다. 빠르게 흘러가는 일과 속에서 서로를 챙길 여유는 존재하지 않았다. 학교 이외의 일로 따로 만나서 밥을 먹거나 카페에 가는 것은 상상도 하기 어려운 일이었다.

그랬던 선생님들과 아이러니하게도 함께 근무하던 학교를 떠나고 나서야 비로소 사적인 대화를 나누는 사이가 되었다. 우리는 무사히 모든 학기를 마치고 나서야 서로를 편하게 대할 수 있었다. 방학 때 무얼 하며 지내는지 근황을 묻기도 했고 새로 근무하게 될 학교에 대한 이야기를 나누기도 했다. 다들 함께 일할 때보다 더 즐겁게 지내는 것 같아 참 다행이었다.

우리는 같은 직장에서 지냈기에 서로의 마음을 누구보다 잘 알고 있었다. 단체 메신저에는 서로를 챙기지 못한 미안함과 뒤늦게 깨달은 동료애가 녹아 있었다.

출근과 동시에 곤두서 있던 예민한 신경은 무뎌지고, 마치 기억을 선택할 수 있다는 듯이 괴로웠던 시간을 함께 지워 나갔다. 분명히 힘든 기억이 무척 많았던 곳이었는데 함께 있는 동안은 이상하게도 좋았던 추억만 흘러나왔다. 온몸에 눌어붙어 있었던 지친 마음들이 조금씩 힘을 잃어 갔다.

'시간이 약이다.' 나는 이 말을 별로 좋아하지 않는다. 가만히 있어도 어차피 문제가 해결될 거라면 내가 하는 노력들은 아무런 의미가 없는 것처럼 느껴지기 때문이다.

그런데 그런 내 생각과 달리 시간은 정말 고마운 약이라서 과거의 괴로웠던 기억을 별다른 노력 없이도 쓱쓱 지울 수 있게 해 주었다.

그날 우리를 기진맥진하게 만들 만큼 열렬했던 시간을 뒤로하고 다음 날도 같은 교무실에서 마주할 것처럼 헤어졌다. 혼자 있을 때 먼저 손을 건네주는 사람이나 힘들 때 곁을 지켜 주는 사람을 우리는 쉽게 잊지 못한다. 내게 그들은 그런 사람이었다.

누군가의 위로로 지친 마음이 괜찮아지는 순간은 시간이 약이라는 말과는 반대로 시간이 흘러도 잊고 싶지 않은 순간으로 내 안에 남는다.

우리는 아직도 서로에 대해 아는 것이 별로 없다. 아마 앞으로도 계속 그렇게 지낼지 모른다. 하지만 어렵고 힘든 시간을 함께 견딘 것만으로도 느꼈던 동질감과 애틋함이 있기에. 그것만으로 충분하다.

떠올리고 싶지 않은 기억 위에 동료들의 수고했다는 말 한마디가 얹어지고 상처 위에 새살이 돋듯이 그때가 괜찮은 추억으로 자리 잡는다.

부암동에서 올려다본 밤하늘

나뭇가지에 연두색 어린잎이 피어나던 어느 날. 대학
동기에게서 문자 메시지가 왔다. '나 드디어 회사 근처
로 독립해.' 길을 걷다가 나도 모르게 발걸음을 멈췄다.
기분 좋은 날씨와 잘 어울리는 산뜻한 소식이었다. 사람
은 위로에는 능하지만 축하에는 인색한 존재기에, 다른
친구라면 축하한다는 마음이 일기 전에 내심 질투와 부
러움의 감정이 불쑥 찾아왔을지도 모른다.

하지만 이 친구에게만큼은 못난 감정을 접어 두고 온
마음으로 축하를 할 수 있었다. 호들갑을 떨며 축하한다
는 내용의 글귀를 마구 적어 대는데 갑자기 가슴속 한구

석이 아려 왔다. 친구는 스물의 우리가 상상했던 서른의 모습으로 나아가고 있었다. 선선히 부는 바람을 타고 지난 시절의 우리가 살며시 떠올랐다.

대학 시절 친구와 나는 경기도와 서울을 넘나드는 먼 거리를 통학하며 독립에 대한 꿈을 자주 이야기했다. 친구는 일산에 살았고 나는 용인에서 살았다. 우리는 하루에 4시간을 지루한 도로 위에서 보냈다.

'이렇게 통학 시간이 긴 사람이 또 있다니.' 우리는 굉장한 비밀을 공유한 듯 금세 친해졌다. 창문으로 비슷한 도시의 배경이 반복되는 버스에서 무엇을 하는지 자주 이야기를 나눴다.

어떤 날에는 갑자기 비가 와서 지하철을 타는 바람에 환승을 다섯 번이나 하게 된 일이나, 유난히 운이 없어 강의실에 도착하는 순간까지 계속 앉지 못하고 웃지 못할 에피소드를 들려주기도 했다. 그렇게 사소한 공통점이 우리를 끈끈하게 이어 주었다.

そ런 시절을 함께 보낸 친구가 서른을 맞아 서울에 제 보금자리를 마련했다는 소식이 내 일처럼 뿌듯했다. 대학생 때 친구와 부암동에 있는 윤동주 시인의 언덕에 자주 놀러 갔다. 밤하늘에 깔린 별빛을 그대로 옮겨 놓은 듯한 야경을 보며 각자가 꿈꾸는 십 년 뒤 모습을 그려 보곤 했다. 맥주 한 캔에 기대어 과연 이룰 수 있을까 하는 계획까지 다 쏟아 냈다.

두 손에 고작 맥주 캔 하나 들고서도 빛나는 눈동자로 꿈을 그리던 스무 살 시절. 서른 즈음이면 대충 기대했던 것과 비슷하게는 살고 있겠지. 그때는 서른까지 가는 길이 저 멀리 떠 있는 별과 나의 거리만큼 멀어 보였다. 그렇게 멀게만 느껴지던 서른은 갑자기 떨어지는 유성처럼 눈 깜빡할 새 다가왔다.

'지금의 나는 스무 살에 꿈꾸던 나와 얼마나 닮아 있을까.'

지난 세월을 천천히 돌아봤다. 그때 부암동 언덕에서 친구와 마음 놓고 미래를 그려 볼 수 있었던 건 내심 마음 먹으면 무엇이든 해낼 수 있을 것이라는 희망과 용기가 있었기 때문이었다. 대학을 졸업하고 나면 서울 어딘가에 있는 오피스텔에 살며 유명한 대기업 중 하나에는 취직해 있을 거라는 막연한 기대와 자신감. 어느 대학생의 마음에 있던 것이 나에게도 존재했다. 무엇이든 마음만 먹으면 다 할 수 있다고 그때는 정말 그렇게 믿었다.

하지만 매 순간 치열한 경쟁이 이어지는 사회에서 그런 막연한 믿음만으로 이룰 수 있는 건 아무것도 없었다. 세상에는 정말 그냥 얻어지는 것이 없었다. 언제까지 스무 살 적 부암동에서의 그날처럼 넋 놓고 밤하늘의 별만 바라보고 있을 순 없었다. 현실의 절벽 앞에서 내가 선택한 것은 막연한 꿈이 아니라 윤택한 생활이었다.

공자는 서른의 나이를 '이립(而立)'이라고 일컬었다. 이립은 마음이 확고하여 도덕 위에 서서 움직이지 않는다는 뜻이다. 서른 즈음이 되면 더 이상 주변 환경에 흔들리지 않고, 몸도 마음도 온전히 설 수 있어야 한다는 뜻이기도 하다.

서른이라는 숫자에 얽매이고 싶지 않지만 이립이 가진 좋은 뜻은 받아들이고 싶다. 서른의 무게가 유난히 버거운 날. 시들해진 몸을 이끌고 홀로 밤 산책을 가려는데 친구에게서 전화가 왔다. 웃음이 났다. 밖을 나서기 위해 신은 운동화가 평소보다 가뿐했다.

강연장에서 만난 할머니

"찰칵, 찰칵, 찰칵!"

작가의 강연이 진행되는 내내 사진을 찍는 소리가 강의실에 계속 울려 댔다. 작가가 준비해 온 프레젠테이션화면이 넘어갈 때마다 할머니는 계속 사진을 찍었다. 강의의 흐름을 뚝뚝 끊는 할머니의 행동에 미간이 구겨졌다. '사진을 찍지 말고 메모를 하시면 더 좋을 텐데.'

강연을 하는 작가는 할머니의 행동이 거슬리는 듯했다. 그러면서도 연세가 많은 분이라 뭐라 지적하지도 못하고 아무렇지 않게 수업을 이어 가느라 애쓰는 듯 보였다. 그런 작가가 안쓰러워 보이면서도 언제라도 쓴소리가 나올 것 같아 조마조마하며 강연을 들었다.

한 시간 남짓 지나고 쉬는 시간이 주어졌다. 그때도 할머니 때문에 편히 쉴 수 없었다. "잘 지냈수? 이번에도 강연 신청해서 왔어." 할머니는 도서관에 자주 오셔서 직원분들과 친한 듯했다. '조금만 작게 이야기하셔도 괜찮을 텐데.' 강연 도중에 있었던 행동 때문인지 별것 아닌 일에도 눈살이 찌푸려졌다.

좋아하는 작가의 이야기를 듣기 위해 고단한 평일 저녁에 이곳을 찾는데. 왠지 이 시간을 존중받지 못하는 기분이었다. 그건 아마도 다른 사람들도 마찬가지였을 것이다.

쉬는 시간이 끝나고 이어지는 강연에서는 직접 글을 쓰는 시간을 가졌다. 작가는 평소에 화가 났거나 억울했던 경험을 써 보라고 했다. 사람들은 순식간에 글쓰기에 몰입했다.

그때의 기억을 떠올리니 마치 열기구에 달린 커다란 풍선처럼 가슴이 뜨겁게 부풀어 오르는 것처럼 보였다. 나 역시 인생에서 가장 모욕적이었던 그 순간을 떠올리며 글에 집중했다.

　글쓰기를 마치고 작가와 합평하는 시간을 가졌다. 곧이어 할머니의 차례가 되었다. 할머니는 당신의 어머니를 떠올리며 글을 담담히 읽으셨다.

　"우리 엄마는 냉장고에 이것저것 채워 두기를 좋아하신다. 그러다 너무 오래 두어 음식이 먹을 수 없게 되어버리곤 한다. 문제는 상해 버린 과일이나 채소, 못 먹게된 김치도 버리지 않고 그냥 드신다는 것이다."

강연장에서 만난 할머니

　할머니의 어머니라면 꽤 연세가 많으실 테지. 강연장에 모인 모든 사람이 숨죽여 할머니의 이야기에 집중했다. 몸에 이로운 것이 해로운 것이 된 이후에 드시니 걱정되는 마음에 할머니는 어머니의 냉장고를 청소하기 시작했고, 곧 버리기 직전인 음식은 할머니의 집으로 가져오셨다고 했다.

그러던 어느 날, 다른 가족들에게서 할머니는 충격적인 말을 전해 듣게 된다. 할머니께서 어머니의 냉장고에서 음식을 훔쳐 간다는 말이었다. 우여곡절 끝에 가족들은 어머니의 행동이 치매 초기 증세였다는 것을 알게 되었고 곧 치료에 들어가셨다고 한다.

할머니의 이야기를 들은 사람들의 표정을 둘러보았다. 모두들 엄마를 떠올리는 듯했다. 문득 할머니의 세월이 궁금해졌다. 할머니와 더 가까워지고 싶다는 생각이 들었다. 낯설기만 했던 그분의 세월에 쌓인 이야기를 계속 듣고 싶었다. 할 수만 있다면 차분히 어루만져 드리고 싶었다.

나태주 시인의 시처럼 자세히 보아야 예쁘고 오래 보아야 사랑스러운 것은 정말 풀꽃만이 아닌가 보다. 일상을 여유롭고 호탕하게 사시는 그분이 가진 분위기가 정겹게 느껴졌다. 할머니의 재치 있는 코멘트가 합평하는 시간을 봄꽃이 피어난 들판처럼 화사하게 만들어 주었다.

강연을 마치고 엘리베이터를 기다리면서 할머니에게 살며시 말을 건넸다. 우리는 글을 꾸준히 써 보자는 짧은 대화를 나누었다. 언젠가 할머니를 다시 만나게 된다면 사람을 이해하는 일이 얼마나 귀하고 소중한지 알려 주셔서 고맙다는 말씀을 전하고 싶다.

집에 돌아와 다음 달에 도서관에서 열리는 강연을 신청하면서 혹시 할머니와 또다시 마주치지 않을까 하는 기대를 걸어 보았다. 그날도 강연장에 할머니의 환한 웃음소리가 꼭 퍼졌으면 좋겠다.

낯선 사람들에게서 느낀 편안함

　슬픈 소설의 복선처럼 음울하고 적막한 안개가 내 안에 깔린다. 한 번도 가 보지 않은 길을 혼자 내딛으며 느끼는 두려움도 내 안을 뒤덮는다. 꿈을 시작하기 전 다짐했던 마음은 어느새 먼발치에서 홀로 남겨진 나를 모른 척한다.

　'과연 내가 글을 쓰는 사람이 될 수 있을까.'

　왠지 모를 허탈과 상실의 기운이 온몸을 뒤덮을 때가 있다. 이런 상태는 날씨로 따지면 심한 호우나 풍랑에 대비하라는 일종의 기상주의보와 같다. 마음은 생각보다 예리하고 똑똑해서 자신이 위험한 상태라는 적신호를 온 감각에 끊임없이 보낸다. 마음에 주의보가 울리는 날이면 꿋꿋이 걷던 삶의 발걸음을 잠시 멈춘다.

인생은 긴 호흡으로 걸어야 하는 먼 길이기에 마음에서 울리는 주의보 신호에 귀 기울여야 한다. 예측할 수 없는 슬픔의 크기를 감당할 수 있도록 미리 대비해 두어야 한다.

모든 게 무겁고 버겁게 느껴진 날이었다. 빛이라고는 한 톨도 담지 않은 음침한 얼굴을 하고선 동네 책방을 찾았다. 내 발목을 잡는 무기력을 걷어 내고 책방에서 열린 미술 수업에 참여했다. 책방에서 만난 선생님은 자신의 이야기를 털어놓으려는 용기가 이 수업에서 가장 중요하다고 했다.

수업의 주제는 자신이 생각하는 현재의 행복과 불행이었다. 옛날로 돌아가 크레파스를 손에 쥐고 그림을 그리고, 알록달록한 찰흙으로 집을 만들기를 했다. 잊고 살았던 촉감을 되살리는 시간이었다. 현재의 나를 웃게 하는 일과 괴롭게 하는 것의 형태를 직접 만들고 마주했다.

그날 책방에서 만난 사람들은 한날한시에 모여 있으면서도 서로에 대해 제대로 알지 못했다. 간단한 자기소개를 할 때도 자신을 드러낼 수 있는 사물이나 감정으로 이름을 대신했다. 그야말로 이름조차 모르는 사이.

우리는 서로의 지난날을 알지 못하기에 그 사람의 현재 상태에 집중할 수 있었다. 끈끈한 유대감을 이어 가야 한다는 부담이나 긴장이 없었다. 그래서 내 마음을 더 쉽게 털어놓을 수 있었다.

"서른은 어떤 것을 새롭게 시작할 시기가 아니라 무언가를 제대로 이뤄 놓았어야 할 때가 아닐까요. 이미 늦었다는 생각이 자꾸만 제 등을 떠밀어 궁지로 몰아넣는 것 같아요. 저 지금 잘하고 있는 걸까요."

나는 뒤늦게 방황했던 시간들을 풀어놓았다. 서른을 기점으로 새로운 일에 도전하며 생긴 고민과 실패할지도 모른다는 걱정들이 아무렇지 않게 흘러나왔다. 그 자리는 분명 각자의 삶에서 힘들었던 순간을 내뱉는 아픈 시간이었는데 어떤 통증을 동반하지 않고 편안하게 말했다.

낯선 사람들 사이에서 편안함. 오래 지속될 수 없고 아무런 이해관계로 엮이지 않은 사람들 앞에서는 감춰둔 속마음을 털어놓는 것이 어렵지 않았다. 이곳에서만큼은 후회가 짙게 묻은 과거를 꺼내는 일이 괴롭지 않았다. 오히려 나와 비슷한 경험을 했던 사람들의 이야기를 들으며 위태로웠던 마음을 위로받고 다독일 수 있었다.

사람의 관계는 어떤 기준에 의해 규정지을 수 없다. 때로는 우연히 만난 사람들 앞에서 나를 옥죄던 묵은 감정이 별일 아닌 듯이 나오기도 한다. 이처럼 사람 사이에서 형성되는 관계는 수학의 공식처럼 일정하고 정확하게 측정할 수 없다.

마음에서 울리는 주의보를 감지하고도 어쩔 수 없이 홀로 넋 놓고 있던 시간. 누군가 그럴 때가 있다면 한 번쯤은 가까운 곳보다 먼 곳을 둘러봤으면 좋겠다.

가끔씩 기대하지 않았던 곳에서 광활하고 눈부신 풍
경을 보게 되듯이, 낯선 사람에게서 따스한 온기를 건네
받는 행운이 찾아올지도 모르니 말이다. 잠시나마 삶을
나눴던 사람들의 밤도 편안하길.

후회만 남은 아이비 화분

살결에 선선한 바람이 스며들고 공기도 차가워질 때
쯤이었다. 이사 온 첫날을 아직도 기억한다. 드디어 널
찍한 내 방이 생긴 날. 침대, 책상, 옷장이 있는 나만의
공간에 들어섰을 때의 감동을 어떻게 쉽게 잊을까. 내
방이 생기면 화분을 키워 보고 싶었다. 일상의 공간에
초록의 기운이 더해지면 내 시간도 더욱 생기 있고 활기
차게 채워질 듯했다.

집 근처에 있는 꽃집을 찾았다. 가게에서 가장 눈에
띈 것은 아이비였다. 별 모양을 한 풍성한 잎사귀에서
눈길을 떼지 못했다. "아이비는 처음 키우시기 좀 힘들

수 있어요." 내 관심을 눈치챈 꽃집 아주머니는 아이비 대신 다육식물을 추천해 주셨다.

아이비는 적절한 온도와 습도를 맞춰 주어야 해서 햇빛을 잘 볼 수 있게 해야 하고, 흙도 마르지 않는 촉촉한 상태를 유지해야 한다고 했다. 하지만 첫눈에 들어온 아이비를 포기할 수 없었다.

고집을 부린 끝에 아이비 화분을 창틀에 올려 두었다. 어릴 적부터 상상했던 그 장면이 비로소 완성되었다. 아이비가 내 일상에 적응할 무렵이었다. 그때 나는 잠시 연락을 주고받던 사람이 있었다.

언젠가 여행을 갔을 때였다. 게스트하우스에서 한 번 본 사람을 우연히 관광지에서 마주쳤고, 얼마 뒤에 또다시 시내에서 만났다. 처음 숙소에서는 별일 아닌 듯 지나쳤고, 두 번째는 그럴 수도 있을 거라 여기며 대수롭지 않게 생각했다. 그런데 세 번째 다시 만났을 때는 서로 눈을 마주치고 웃어 버렸다. 식당 앞에서 줄을 서서 기다리며 몇 마디 나누게 되었고 그 짧은 대화는 여행을 마치고도 이어졌다.

나에게 그는 우연히 만난 좋은 친구일 뿐이었지만, 그는 내 생각과 달라 보였다. 뭐라 한마디로 규정짓기 어려운 애매한 상태가 계속 이어졌다. 시소의 양쪽 끝에 앉은 듯 오르락내리락하기를 반복했다.

그러다 "됐다. 이제 연락하지 말자."라는 문자가 날아왔다. 무감각한 몇 마디로 이 관계는 단번에 정리되었다. 그는 연인으로 나아갈 여지가 없다면 이 관계를 지속할 필요가 없다고 했다. 그는 팽팽하게 밀고 당기던 줄을 한 번에 놓아 버렸다.

마지막으로 통화를 한 날. 그는 나에게 겉으로 착한 사람으로 남으려고 하기보다는 차라리 솔직한 사람이 되었으면 좋겠다고 말했다. 맞는 말이었다. 나는 처음부터 알고 있었다. 내 마음은 그와 다르다는 것을. 그렇다면 분명하게 사실대로 말했어야 했다.

그를 이성으로 대하지 못해 미안하기도 했고 먼저 이

관계를 매듭지어 주어 고맙기도 했다. 그 사람은 한때 앓았던 감기처럼 며칠이 지나고 기억 속에서 사라져 버렸다.

며칠 뒤 그동안 잊고 있었던 화분을 다시 들여다봤다. 아이비는 생기를 잃은 채 시들어 가고 있었다. 흙에는 하얗고 옅은 곰팡이가 서려 있었고 아이비의 안쪽 줄기 부분은 어두운 갈색으로 변해 있었다. 오래 방치해 둔 게 아니라 아주 잠시 살펴 주지 못했던 건데. 속상하면서도 억울한 마음이 들었다.

꽃집에 찾아가 넋두리를 했다. 꽃집 아주머니는 동물만큼은 아니어도 식물을 키우는 데도 정성이 필요하다고 했다. 햇볕과 물을 주지 않는 건 밥을 주지 않은 것과 같고, 흙을 관리해 주지 않는 것은 집 없이 바깥에서 살게 하는 것과 같다고 했다. 눈빛과 음성이 존재하는 건 아니지만 식물도 분명 또렷이 살아 있는 생명이라고.

내게 식물을 키울 마음이 있기는 했던 걸까. 불현듯 지나간 그 사람이 떠올랐다. 남에게 좋은 사람으로 보이기보다 나 자신에 솔직해지라는 말도 함께. 어쩌면 그의 말처럼 나는 마음과 정성을 다해 화분을 키우고 싶었던 게 아니라 식물을 좋아하는 사람으로 보이고 싶었는지 모른다. 그런 취향을 가진 사람으로 비추어지고 싶었던 건 아닐까.

끝내 숨이 다 한 아이비를 아파트 화단에 옮겨 심었다. 제 힘으로 다시 살아나길 바라는 마음으로, 그러나 그건 쉽지 않을 거라는 착잡한 심정으로. 집에 돌아와 힘이 빠진 채로 침대에 걸터앉았다. 후회만 남은 텅 빈 화분을 가만히 바라보았다.

내 마음이 원하는 것보다 다른 사람의 마음에 들기 위한 것들을 고르며 살고 있는 건 아닐까. 사실 나는 식물을 키우는 일과 어울리지 않는 성격이었다. 끈기를 가지고 지속해야 하는 일보다 짧은 기간에 결과를 확인할 수 있는 일을 좋아했다. 이번에도 욕심을 부려 아이비 화분을 샀지만 제대로 키울 준비나 노력을 하지 않았다.

나에게 식물은 거리를 거닐며 길가에 핀 꽃을 눈에 담

고 풀 내음을 맡는 것으로 충분하다. 언젠가 그 사람을 또다시 우연히 마주치게 된다면 꼭 말해 줘야지. 덕분에 아이비 키우는 걸 그만두게 되었다고. 고맙다고.

추억을 끌어안은 여름이기에

더위를 유독 힘들어하는 나에게 까다롭고 여름은 어려운 계절이다. '이번 여름에는 어떤 추억을 만들어 볼까.' 그래서 달리기를 하기 전에 운동화 끈을 세게 묶어 매듯이 여름을 다짐한다. 올해도 여름을 시원하고 즐겁게 보내기 위해 남들보다 조금 이른 휴가 계획을 세웠다.

숨 막히게 높은 기온은 떠올리기만 해도 힘들지만, 그런 날씨마저도 즐길 수 있게 만드는 것이 바로 여행이다. 무더운 날씨를 이겨 내고 쌓은 추억은 한 편의 영화로 제작되어 마음에 남는다. 세월이 흘러 언제 다시 꺼내 보아도 변하지 않을 명작으로.

올해의 여름 여행지는 부산. 단출하게 배낭을 하나 메고 바다와 맞닿은 곳으로 떠났다. "우리 여행 스케줄 정리해 볼까?" 바다가 보이는 숙소에 짐을 풀고 연인과 테이블에 마주 앉아 일정을 점검했다.

여행을 할 때는 조금 번거롭더라도 핸드폰을 내려놓고 수첩에 일정을 적어 본다. 하루를 종이 위에 먼저 그려 보면 낯선 곳에서 겪을 시행착오를 줄일 수 있다.

시선이 닿는 모든 순간에게

부산을 대표하는 음식인 돼지국밥과 밀면, 음식 프로그램에 나와 유명해진 오징어 튀김, 달빛이 비치는 바다를 바라보며 먹는 조개구이. 음식이 나올 때마다 사진을 찍고 호들갑을 떨었다. 맛을 음미하며 어떤 재료가 들어갔는지에 대한 대화를 나눴다.

그동안 연인과 일상을 공유하며 수없이 많은 식사를 함께했지만 여행지에서 먹는 밥은 왠지 더욱 특별하다. 아마도 낯선 도시에 단둘이 남겨져 온전히 서로에게 집중할 수 있기 때문이겠지. 서로를 향한 시선과 온기가 더욱 또렷하게 다가왔다.

어느덧 해가 고개를 숙이고 서늘한 저녁이 되었다. 산책을 하기 위해 해운대 해수욕장을 찾았다. 밤바다의 낭만을 가득 머금은 파도 소리가 우리를 반겨 주었다. 해수욕장에서는 많은 사람들이 대형 스크린에 상영되는 영화를 보고 있었다. 반짝이는 조명 아래 가족끼리 모여 해변에 돗자리를 펴고 영화를 감상했다.

바다를 배경으로 한 따뜻한 장면을 또렷이 기억하고 싶어서 꽤 오랜 시간 영화 대신 그들을 바라보았다. 사람들의 소중한 추억이 차곡차곡 쌓이는 소리가 영화의 사운드와 잘 어우러졌다.

다음 날 아침에도 간단히 세수만 하고 바닷가로 산책을 나섰다. 갈매기 소리와 햇빛에 반사되는 물결의 춤사위가 눈부셨다. 파도가 해변을 휩쓸고 갈 때마다 모래알이 가지런히 정돈되었다. 저 바다 끝에서 불어오는 바람이 해변을 걷는 내 발을 간지럽혔다.

바다 옆에 서면 이유도 모른 채 솔직해진다. 커다란 바다 앞에서는 욕심이 줄어들고 미움도 작아진다. 힘찬 파도와 씩씩한 바람 앞에서 나약해진 마음도 웅장해진다. 바다는 오래 간직한 꿈을 수없이 다짐하게 만든다. 그리고는 파도와 바람에 실어 무언의 응원을 보내 준다. 걱정은 조금씩 사그라들고 웃음은 되도록 늘어나도록.

사람은 좋은 기억으로 채워지는 존재라고 하는데. 시간이 흘러서 꺼내 볼 수 있는 추억이 많은 사람은 덜 외로울 것 같다. 그래서 따가운 여름에 햇볕이 버거워 인상을 쓰다가도 잠시 숨을 고르고 떠올릴 수 있는 바다가 있기에. 그런 추억이 있기에 다시 웃을 수 있다.

"올해 여름도 엄청 덥겠다. 그치?"
"그래도 너와 함께한 추억이 있는 여름이라면, 괜찮아!"

봄은 엄마와 나의 계절

　　엄마의 활기찬 웃음소리가 나른한 오후의 적막을 깨웠다. 세상에서 가장 감미로운 선율을 가진 그 소리는 환한 조명이 되어 잿빛이던 우리 집을 밝게 비추었다. 반가운 엄마의 목소리를 듣고 방에서 거실로 걸어 나왔다. "엄마, 무슨 좋은 일 있나 봐?" 토스트를 굽던 엄마는 이어지는 웃음을 애써 진정시키며 재미있는 일화를 들려주셨다.

　　엄마는 회사에서 경비 아저씨와 친하게 지내시는데, 경비 아저씨의 집 위층에 새로 이사 온 사람이 베란다에서 담배를 피우는 모양이었다. 아저씨는 화를 몇 번이나 참다가 급기야 수도꼭지에 호스를 연결해 위층으로 물을 쏘아 올렸다고 했다.

"세상에, 그래서 다음에는 어떻게 됐대?" 위층에 사는 사람은 아저씨의 예측 불가능한 행동에 자신의 잘못을 깨달았는지, 아니면 말이 통하지 않는 분이라고 판단했는지 아무런 반응이 없었다고 한다. 물론 위층 사람은 더 이상 베란다에서 담배를 피우지 않는다고 한다.

아저씨의 행동을 요목조목 따질 수도 있었지만 그냥 엄마를 따라 깔깔대며 웃었다. 그렇게 숨까지 헐떡이며 오래 웃는 엄마의 얼굴은 정말이지 오랜만이었다. 경비 아저씨에게도 그 위층에 산다는 사람에게도 고마웠다. '덕분에 우리 엄마가 이렇게 크게 웃었어요.' 엄마가 웃으면 나도 웃고 내가 웃으면 엄마도 웃는다. 우리는 서로를 웃게 하는 존재다.

한참을 실컷 웃고 나니 배가 고파졌다. 우리는 티백으로 우려낸 허브차와 전날 먹다 남은 케이크를 먹었다. 일을 그만두고 여유로워진 일상에서 가장 좋은 것은 엄

마와 보낼 시간이 늘어났다는 것이다. 출근할 때는 뭐가
그리 바빠서 엄마와 마주 앉아 이야기할 시간도 없었는
지 모르겠다. 도란도란 담소를 나누며 느끼는 엄마의 품
은 이렇게 아늑하고 포근한데.

블루베리가 잔뜩 올라간 치즈 케이크는 어제 카페에
갔다가 사 온 것이다. 카페에 함께 갔던 친구가 나에게
물었다. "너희 어머님도 케이크 좋아하셔?" 디저트를
먹다가 넌지시 건넨 단순한 질문을 듣고서 들고 있던 포
크를 잠시 내려놓았다. 마음에서 뭉근한 무언가가 느껴
졌다.

카페에 앉아 디저트 하나를 먹는 것조차도 익숙하지
않을 우리 엄마. 엄마는 남들은 평범하고 당연하게 누리
는 소박한 것들을 모두 포기하고 그 작은 여비마저도 자
식에게 양보하셨다. 그 질문을 듣고 나서는 계속 엄마가
떠올라 케이크가 달지 않았다. 그날 엄마가 좋아하는 치
즈 케이크를 손에 들고 집으로 돌아왔다.

햇볕이 온 마을을 따뜻하게 만들 때쯤 엄마와 쑥을 캐

러 뒷산에 갔다. 기대와 달리 뒷산에는 쑥이 별로 없었지만 분홍색 철쭉이 즐비하게 피어 있었다. 덕분에 늦봄의 꽃구경을 실컷 했다. "쑥은 없어도 우리 딸이랑 산에 오니 이렇게 좋네." 엄마 뒤를 따라 산에 오르자 어린 시절이 떠올랐다. 엄마가 신발장 앞에만 서도 따라나서던 때가 있었다.

엄마는 소녀가 된 것처럼 흙길을 사뿐사뿐 걸으셨다. 그러고 보니 엄마도 누군가의 보살핌을 받고 응석을 부리던 소녀이던 시절이 있었을 텐데.

쑥은 의외로 집 앞에 있는 놀이터 주변에 더 많았다. 웅크리고 앉아 쑥을 조금씩 뜯으며 도란도란 이야기를 나누었다. 요즘 엄마와 나는 트로트로 경연을 하는 음악 방송에 푹 빠져 있다. 서로 좋아하는 가수를 응원하면서 저녁에 있을 순위를 예측해 보았다. 각자 좋아하는 가수가 노래를 더 잘한다는 소소한 말씨름도 이어졌다.

트로트와 쑥을 캐는 일. 내 취향과 거리가 먼 것들인데 이상하게 엄마와 함께하면 모든 게 참 즐겁게 느껴졌다.

엄마와 나는 봄 언저리에 모녀로 인연을 맺었다. 엄마는 봄의 정령이 깨어나기 시작하는 삼월에 태어나셨고, 꽃봉오리가 맺히기 시작하는 사월에 나를 낳아 주셨다. 엄마와 나는 서로의 삶에 봄이 되었다.

그렇게 엄마와 나는 서로의 인생에 무엇과도 바꿀 수 없는 소중한 존재가 되었고 동시에 삶을 이어 갈 가장 큰 이유가 되었다. 특별한 날 건네받는 꽃다발처럼 삶을 환하게 비추는 서로가 있기에 세상을 살아갈 힘을 얻는다.

엄마의 봄에는 내가, 나의 봄에는 엄마가 항상 예쁘게 피어 있기를.

어미 새를 보는 엄마의 마음

우리 집 베란다 앞에는 커다란 나무 한 그루가 반갑게 서 있다. 나뭇가지도 튼튼하고 건물 사이에 있어 새들의 보금자리로 안성맞춤이다. 올봄에도 어김없이 새 한 쌍이 찾아왔다.

그날부터 우리 가족의 최대 관심사는 새들이 추위를 이겨 내는 과정을 지켜보는 것이었다. 가족들은 베란다 문을 열고 관찰한 새에 대해 한마디씩 했다. 말이 없던 우리 가족이 대화하는 시간도 차츰 늘어났다.

새들은 매서운 꽃샘추위를 이겨 내고 작은 나뭇가지

를 하나씩 모아 둥지를 만들었다. 나도 어미 새가 거센 바람을 맞으며 알을 품고 있는 모습을 보면 가슴이 뜨거워졌다. 그리고 곧 태어날 아기 새가 기다려졌다.

새들이 전해 주는 가족 간의 온기가 우리 집에도 스며들어 집에는 따스한 온풍이 불었다. 봄이 다가올수록 새 둥지를 들여다보는 순간이 잦아졌다.

그러나 불행은 예고 없이 찾아온다고 했던가. 어느 날 둥지에 있던 알들이 모두 사라져 버렸다. 아빠는 산속에 사는 사납고 심술궂은 새가 내려와 둥지에 있던 새들을 쫓아내고 알도 깨 버렸다고 했다. 한 달도 안 되는 짧은 기간이었지만 그새 새들에게 정이 들었는지 우리 가족은 그 소식에 적지 않은 충격을 받았다.

엄마는 누구보다 속상해했다. 작고 약한 새들이 둥지에서 쫓겨난 안됐지만 깨진 알을 보고 상처받았을 어미 새가 더 걱정이라고 했다.

며칠이 지나고 우리 가족은 더 이상 새 이야기를 하지

않게 되었다. 시간이 어느 정도 흐르고 나니 속상한 마음도 괜찮아졌다. 하지만 엄마는 달랐다. 마트에서 장을 보고 집에 가는 길이었다. 새소리가 들리자 엄마는 새 둥지 이야기를 다시 꺼냈다. 자식을 잃은 어미 새의 마음을 대변하듯이 사나운 새들에 대한 험담을 늘어놓았다.

다음 날 우연히 텔레비전 채널을 돌리다가 새를 다룬 프로그램을 볼 때도 마찬가지였다. '아기 새들이 저렇게 예쁘네.' 자식 잃은 어미 새를 가엾게 여기는 마음이 엄마에게는 유독 오래 머물렀다. 마치 어미 새의 심정이 엄마의 가슴에 옮겨 온 듯했다.

엄마는 가족을 위해 희생하고 헌신하는 삶을 살았다. 어미 새처럼 둥지를 만들고 알을 품고 먹이를 물어다 주는 역할을 마다하지 않았다. 이것이 당신의 숙명이라는 듯이 자식을 위해 자신의 세상을 바쳤다. 자식들이 세상에 나가 주눅 들지 않고 날개를 활짝 펼칠 수 있도록.

나는 세상으로 나서기에 그 사랑이면 충분했다. 엄마 품은 모진 겨울에도 늘 포근했고 까만 밤에도 환하고 눈부셨다. 그런데 그때 엄마의 겨울은 어땠을까. 혹독하고 외로웠을 엄마의 시간은 누가 보듬어 주었을까.

올해 나는 엄마가 나를 낳은 나이인 서른이 되었다. 엄마는 내 나이가 되기도 전에 가정을 꾸리고 자식을 낳고 또 많은 것을 자식들에게 내어 주었다. 인생에서 중요한 선택을 해야 하는 순간마다 엄마는 우선순위를 적어 놓고 당신의 이름을 제외시켰다. 그런 엄마가 내 곁에 있어서 삶이 헛바퀴를 도는 것 같을 때도 중심을 잡고 일어설 수 있었다.

텅 빈 둥지를 볼 때마다 어디론가 힘없이 밀려난 새들이 떠오른다. 갑자기 사라진 새들은 어디로 갔을까. 새로운 보금자리는 마련했을까. 다시 소중한 아기 새들을 만나게 됐을까. 엄마를 닮은 어미 새의 마음이 무사히 다음 봄에 도착하길, 부디 안녕하길 바랐다.

시선이 닿는 모든 순간에게

당신만이 건널 수 있는 징검다리

　엄마의 삶은 사방이 막힌 안경 공장에서 먼지가 가득한 김밥 노점상으로, 한여름에도 추운 야채 코너에서 설거지가 마르지 않는 주방으로 옮겨 다녔다.

　마치 징검다리를 건너는 것처럼 한곳에 머무르지 못하는 엄마의 삶은 위태로워 보였다. 발을 뻗을 수 있는 공간은 너무나 좁고 자칫 잘못 내딛기라도 하면 물가로 떨어질 수도 있으니 엄마는 늘 긴장과 조바심 속에서 살았으리라. 그런 엄마가 금방이라도 급한 물살을 타고 떠내려갈까 봐 불안했다.

그럼에도 불구하고 엄마는 징검다리 같은 삶을 마다하지 않았다. 징검다리 같은 삶은 스물네 시간, 한 달, 일 년 열두 달 내내 계절이 순환하듯 멈추지 않았다. 엄마는 사랑하는 존재인 자식을 위해 스스로 사랑받지 못하는 존재가 되길 자처했다. 자식만을 위한 삶. 그건 짊어지고 감당해야 할 것들이 자꾸만 불어나는 고된 길이었다.

엄마의 고생은 생활이 되고 당연해져 갔다. '고생'이라는 단어만큼 엄마의 삶을 단적으로 표현할 수 있는 말이 있을까. 엄마는 고생을 달고 살면서도 힘들다는 소리를 하지 않았다. 고생과 엄마를 멀찍이 떼어 놓을 수만 있다면 얼마나 좋을까. 엄마와 고생이라는 말이 어울리지 않았으면 했다.

이제 엄마가 짊어지고 있는 절박함의 무게를 내려놓게 하고 싶다. 위태로운 곳에서 홀로 외롭게 서 있지 않도록. 좁고 고된 징검다리 위가 아니라 커다란 나무 그늘이 드리워진 들판에서 편히 쉴 수 있도록. 무엇보다 소중한 당신의 손을 꼭 잡는다.

불 꺼진 도시를 누비는 택시

바람마저 잠들어 고요한 새벽. 아빠는 집을 나선다. 때로는 길이 막혀 답답하고 가끔은 빨리 가길 재촉하는 손님 때문에 변변찮다 해도 아빠는 택시를 몰 때 가장 자유로워 보인다. 그곳은 당신의 인생에서 가장 익숙한 자리다. 바퀴가 닳고 핸들이 낡도록 도시를 누비는 아빠의 모습이 그려진다. 잠시도 쉬지 않고 배경이 바뀌는 그 장면에서 아빠는 어떤 표정을 짓고 있을까. 어둠 속에서도 아빠의 얼굴만큼은 환했으면, 창밖에 불기 시작한 스산하고 차가운 바람이 아빠에겐 잔잔한 온풍처럼 보였으면 했다.

길을 걷는 속도는 다르지만

한가로운 오월의 어느 주말이었다. 하릴없이 텔레비전 소리가 거실에 웅웅거리고 창문에 비친 햇살만이 텅 빈 거실을 채웠다.

공허하고 무료하게 보내는 주말이 아쉬워 엄마와 아빠에게 산에 가자고 아이처럼 졸랐다. 엄마는 철쭉을 연상케 하는 강렬한 분홍색 잠바와 갈색 모자를 챙겼다. 엄마는 마음만은 어엿한 등산인처럼 보였다.

엄마와 달리 아빠는 이런저런 핑계를 대며 가지 않겠다고 했다. 아빠 옆에 붙어서 동네 뒷산에 올라야 하는 이유를 열 가지 정도 읊어 대고 나서야 아빠는 못 이기는 척 몸을 움직였다.

평소 같으면 여느 때처럼 엄마랑만 손을 잡고 산에 올라갔을 테지만 왠지 이날은 아빠와도 함께 오르고 싶었다. 허울뿐이더라도 오월은 가정의 달이었고 아빠를 그냥 지나치기엔 그날의 햇빛은 눈부시게 아름다웠다.

그렇게 시작된 우리 가족의 등산. 가족 여행은 거의 가 본 적도 없고 그 흔한 외식도 즐겨 하지 않아서 그런지 무언가를 함께 한다는 것 자체가 어색했다. 그 불편함을 엄마와 아빠도 느끼고 있는지 아빠의 걸음은 조금씩 느려졌고 엄마의 속도는 점점 빨라졌다. 시간이 흐를수록 둘 사이의 거리는 계속해서 벌어졌다.

'내가 다시는 엄마랑 아빠랑 등산을 하나 봐라.' 머릿속에 그렸던 오붓하고 다정한 가족 등산과는 전혀 다른 모습이었다. 나는 산을 오르는 내내 뒤를 돌아 아빠에게 얼른 오라고 손짓했고, 앞서가는 엄마에게는 조금만 천천히 가자고 외쳤다.

나는 조금씩 숨이 가빠 오기 시작하면서 앞서가는 엄마를 따라 힘껏 산을 올랐다. 아빠의 모습은 점점 작아지더니 결국 보이지 않게 되었다. 산 정상을 앞두고 벤치에 앉았다. 숨을 고르며 엄마에게 물었다. "엄마, 아빠는 어디쯤 왔을까?" 엄마의 대답은 투박하기 짝이 없었다. "모르지. 올라오면 오는 거지." 엄마의 말에서는 어떤 걱정이나 조바심이 느껴지지 않았다.

그런데 산에 오르기를 포기하고 집에 돌아갔을 것 같았던 아빠가 작게 보이기 시작했다. 이내 엄마와 내가 쉬고 있는 벤치까지 올라왔다. 왠지 며칠 만에 만나는 사람처럼 아빠의 얼굴이 반가웠다.

혹시 엄마는 아빠가 끝내 정상까지 올 거라는 사실을 알고 있었던 걸까. 아빠의 걸음을 보채지 않고 묵묵히 산을 오른 엄마의 마음이 궁금했다. 아빠에 대한 무관심이었을까. 아니면 아빠에 대한 믿음이었을까. 그건 엄마만 알고 있을 테지만 더는 묻지 않았다.

나에게 엄마와 아빠는 무엇과도 바꿀 수 없는 소중한

존재지만, 닮고 싶은 부부의 본이 되어 주지는 못했다. 부모로서 느끼는 책임감의 농도가 달랐기 때문일까. 두 분은 언제나 수평이 맞지 않아 한쪽으로 기우는 시소 같았다. 그렇게 불균형한 채로 번갈아 기울며 살아온 두 분을 보는 게 늘 불안했다.

산에 오르며 처음으로 이전과 다른 생각이 들었다. '내가 아는 엄마와 아빠의 모습이 전부가 아닐 수도 있겠다.' 두 분은 삼십 년이 넘는 세월을 가장 가까운 자리에 머물며 살아왔다. 부부로 인연을 맺고 함께 부모가 된 세월의 깊이는 아무리 자식이라도 온전히 헤아릴 수 없을 것이다.

산에서 내려갈 때는 반대로 아빠의 발걸음이 빨랐고 엄마의 발걸음이 더뎠다. 계속 엇갈리는 두 사람의 모습에 웃음이 났다. '그래도 결국 같은 방향을 향하고 있으니 괜찮은 거겠지?' 굳이 발맞추어 걷지 않아도 서로의 시간에 흐르고 있으니 두 분은 그것만으로 충분할지 모르겠다.

길을 걷는 속도는 달랐지만 결국 산 정상에서 만났듯이, 남은 세월은 엄마와 아빠가 같은 마음에 머물며 행복했으면 했다. 나는 두 분의 뒤를 따라 내리막길을 걸었다. 잠시 고개를 들어 하늘을 보았다. 나뭇잎 사이를 넘실대던 청량한 바람이 우리를 스치고 지나갔다.

걸음은 걷는 속도는 다르지만

첫 마음을 잊지 않고 사랑하며

'우리 두 사람 첫 마음 잊지 않고 사랑하며 서로의 손을 잡고 평생 함께하겠습니다.'

분홍색 꽃잎과 초록색 잎사귀 일러스트 옆에 두 사람의 결혼 날짜가 또렷이 새겨져 있었다. 새하얀 청첩장첫 장에는 서로를 살포시 안은 신혼부부 그림이 있었다. 그다음 장에는 여전히 두 손을 맞잡고 서로를 바라보고있는 노부부가 그려져 있었다. 청첩장 위로 평생을 함께하기로 약속하는 두 사람의 모습이 아른거렸다.

다정하고 따뜻한 사람과 연애를 하던 친구는 어느덧

결혼식을 준비하고 있었다. 그 소식을 듣고 축하해 주는 마음과 동시에 결혼을 하고 나면 친구와 멀어질 것 같아 아쉬운 마음도 들었다. 친구가 나보다 훨씬 의젓한 어른처럼 보였다. 결혼을 어떻게 결심하게 되었는지 친구에게 묻자 이렇게 대답했다.

"나는 사람을 통해 용기를 얻고 위로받는 편이야. 예전에는 많은 사람에게 그걸 바랐는데. 남편을 만난 이후로는 한 사람이면 충분하게 되었어." 내 마음을 알아주는 사람은 이 한 사람으로 충분하다는 말이 오랫동안 내 가슴에 남았다.

온 세상이 유월의 빛을 머금은 어느 날. 청첩장에 적힌 두 사람의 결혼식 날이 되었다. 이날 두 사람은 사람들의 축하를 받으며 긴 세월이 흐를 때까지 사랑할 것을 맹세했을 것이다. 찬란하고 눈부신 이 순간이 두 사람의 마음속에서 오래오래 반짝이길 바랐다.

앞으로 어떤 인생의 굴곡을 만나도 지금 맞잡은 두 손을 놓지 않고 꿋꿋이 견딜 것이라는 다짐과 약속. 그런

두 사람의 앞날을 진심으로 응원하고 축하하는 사람들의 마음. 그것들이 한자리에 모이는 날, 결혼식은 사랑의 결실이라는 추상적인 의미가 눈앞에 펼쳐지는 날이라는 생각이 들었다.

다가올 인생의 어떤 날도 함께하겠다는 숭고한 언약. 언젠가 사람들의 축복 속에서 결혼하는 날이 온다면 그때의 내 모습은 지금보다 훨씬 더 성숙한 사람이었으면 했다. 평생을 함께할 반려자를 배려하고 사랑하는 넉넉함을 가진 사람이었으면 했다.

생각의 숲에서 잠시 쉬어 가세요

'글을 쓰는 사람이 되고 싶다'라는 다짐 하나를 손안에 움켜쥐고 글쓰기를 시작했지만, 그 굳은 결심은 오래 가지 못했다. 아무도 정해 주지 않은 분량의 원고를 오직 혼자서 계획하고 쓰고 고쳐야 하는 일은 생각처럼 그리 간단하지 않았다.

그래서 찾은 방법이 블로그에 글을 연재하는 일이었다. 정확한 날짜를 정해 두지는 않았지만 적어도 일주일에 한 편 이상 내 이야기를 올리기로 마음먹었다. 작은 생각들이 모여 큰 숲을 이루길 바라며 블로그 이름을 '생각의 숲'이라고 정했다.

누군가 읽을 수도 있는 글이라고 생각하니 지나치게 감정에만 치우쳐 쓰던 글이 조금씩 정제되어 갔다. 두서없이 속마음을 쏟아 내기 급급했던 말들은 숨 고르기를 하듯 적당한 단어를 찾고 적절한 문장으로 제 모습을 갖추어 갔다.

홀로 모니터 앞에 있는 시간이 전부였던 나에게 블로그는 세상과 연결해 주는 통로가 되었다. 실패하고 후회하면서도 성장하기 위해 애쓰는 모습을 꾸밈없이 적었다. 오직 글쓰기를 이어 가고 싶은 마음에 개설한 블로그는 내게 뜻밖에 선물을 안겨 주었다.

내 글을 읽고 사람들이 자신의 비슷한 경험을 댓글로 적어 주기 시작했다. 힘든 순간을 어떻게 극복했는지 들려주기도 했고, 누구에게도 털어놓지 못한 상처를 털어놓기도 했다. 그들은 내 글을 가장 먼저 읽어 주는 첫 번째 독자였다.

소설가 다니엘 클라타우어은 '가깝다는 것은 거리를 좁히는 것이 아니라 거리를 극복하는 것이다.'라고 말했다. 인연의 깊이는 물리적인 거리와 비례하지 않다. 그들은 비록 실제로 닿기 어려운 먼 곳에 있지만, 그 인연들로 인해 '해낼 수 있다'는 마음을 끝까지 지킬 수 있었다. 덕분에 작가가 되고 싶다는 뚜렷한 목표가 흐려지지 않았다.

글쓰기가 고되고 어렵게 느껴질 때마다 그때 받았던 감격과 감사를 떠올리곤 한다. 내가 쓴 글이 누군가에게 삶의 위로와 용기를 건네줄 수 있다면 그것보다 더한 또 기쁨이 있을까.

얼굴도 이름도 모르는 사람들의 마음으로 글을 쓸 힘을 얻었으니 이제 그 마음을 고스란히 전하고 싶다. 언젠가 만날 독자들의 마음에 위안을 줄 수 있는 따뜻한 글을 쓰고 싶다.

생각의 숲에서 잠시 쉬어 가세요. (웃음)

글을 쓰기 시작하면서

기록해 놓고 싶은 순간이 늘어났다

글감을 찾는 일은 책을 쓰기 위해 시작되었지만

나에게 주어진 하루를 있는 힘껏

소중하게 바라볼 수 있도록 만들었다

그 덕분에 자주 행복을 느낄 수 있게 되었다

3부

*

문장 사이에
넘실대는 마음들

시 한 편을 짓기까지

시 한 편을 읽는 데 일 분이 채 걸리지 않는 것 같은데. 이날 만난 젊은 시인은 시 한 편을 짓기까지 꼬박 한 달이 걸린다고 했다. 무려 서른 날이 걸린다니 놀란 표정을 감추느라 애썼다.

지금 내가 받아 든 열 줄에서 스무 줄 남짓 한 시는 해와 달이 삼십 번이나 교차하고 나서야 종이 위에 태어날 수 있었다.

시 한 편에 허락된 공간은 기껏해야 양손 크기의 종이 한 페이지. 그 안에 시인은 새벽의 하늘을 그리기도 했고, 지나간 인연을 추억하기도 했으며, 부당하게 마감한 생명을 애도하기도 했다.

그는 시가 미완의 상태일 때 젖은 양말을 신고 있는 듯하다고 말했다. 시를 마무리 짓는 순간보다 낱말을 하나씩 모아 시를 지어 가는 과정이 더욱 길 테니. 시인의 발은 항상 물기에 젖어 쭈글쭈글한 모양일 듯했다. 신발 속에 감춰진 젊은 시인의 발이 주름진 노인의 발처럼 가냘파 보였다.

시인의 이야기를 듣고 그가 지은 시에 다시 빠져 보았다. 시는 처음 마주했을 때와 다르게 다가왔다. 고심하여 골랐을 단어 하나에, 마음을 조절하며 썼을 문장 한 줄에 시인의 시간이 담겨 있는 듯했다. 그의 시간은 글자로 환산되어 흰 종이를 무대 삼아 춤을 추기도 하고, 슬픈 파도를 그리기도 하고, 가만히 잠잠한 바람을 맞기도 했다. 시인을 닮은 시는 살아 있었다.

"아무도 저한테 시를 쓰라고 등 떠밀지 않아도 저는 시를 잘 쓰고 싶어요." 시를 쓸 때 자신이 행복하다는 믿음. 시만 써서 먹고살기 힘든 사회인 줄 알면서도 그는 작지만 단단한 조약돌처럼 확신에 차 보였다.

시인은 일상생활에서 우연히 듣게 되는 말을 의미 없이 흘려보내지 않고 기록해 둔다고 했다. 때로는 삶에서 마주하는 무미건조한 상황들도 시적으로 바꾸기 위해 애쓰기도 했다. 그는 자신을 행복하게 만드는 일을 진정으로 사랑하고 있었다. 그동안 '글 한번 써 볼까' 하는 가벼운 마음이었던 내가 부끄러웠다.

그렇기에 그에게 '시인'은 직업이 아니라 정체성이라고 했다. 정체성은 성별처럼 생물학적으로 인간이 가지고 태어나 수명이 다할 때까지 함께하는 것이라고 했다. 그는 숨이 다하여 사라지는 날까지 시인으로 살고자 했다.

젊은 시인의 이야기를 들으며 생각했다. 인생에서 나의 정체성이라 할 만큼 사랑했던 일이 있었나. 그런 일을 만난 사람이라면 삶이 공허하지 않을 것 같았다. 허전한 마음 한구석을 채우기 위해 초조하거나 조급하지 않을 듯했다.

젊은 시인이 시를 대하는 마음처럼 나도 글을 쓰고 싶
다는 생각을 했다. 그렇게 글쓰기를 힘껏 사랑할 수 있
다면. 시 한 편을 짓기까지 수없이 많은 생각을 정리하
고 고치고 멈추고 끝내 다시 써 내려갔을 그의 마음을
떠올리며. 오늘도 나의 시선이 내려앉는 모든 순간을 글
에 담는다.

넌 사랑받을 자격이 충분해

전날 입었던 베이지색 후드 티와 파란색 트레이닝복 바지를 그대로 주워 입었다. 패브릭 소재로 된 흰색 에코백에 노트북과 책 한 권을 대충 집어넣었다. 문밖을 나서고 오늘도 어김없이 단골 카페에 들렀다.

비슷한 시간대에 느낄 수 있는 익숙한 채광이 나를 맞이했다. 햇볕이 잘 들고 바깥 풍경이 보이는 자리에 앉았다. 커피 원두를 가는 우렁찬 기계 소리와 빛에 반사되어 보이는 공중의 먼지마저 반갑게 느껴졌다.

카페에는 오십 대로 보이는 어머님 대여섯 분이 즐겁

게 담소를 나누고 계셨다. 인생의 중반을 지나는 시기에 따스한 차 한 잔을 나눌 수 있는 친구가 있어 참 행복하겠다는 생각을 했다. 나의 중년도 그들과 같았으면 했다. 한낮의 나른한 날씨와 딱 맞는 장면이었다. 그때까지는 정말 그분들이 훈훈하게만 보였다.

그런데 그 생각은 그리 오래가지 못했다. 어머님 중한 분의 핸드폰이 울렸고 그분은 횡설수설하더니 무언가에 쫓기듯 전화를 끊었다. "아니, 윤희 씨가 자기 빼고 우리끼리 모인 거 알았나 봐. 어떻게 알았지?" 그 말은 달리기의 시작을 알리는 신호탄과 같았다. 어머님들은 험담을 늘어놓기 시작했다.

대화의 주제가 재밌어졌다는 듯 어머님들의 목소리는 점점 더 커졌고 웃음소리가 카페 안을 메웠다. 때마침 내가 받은 카페 진동벨이 울렸고 주문한 음료를 받기 위해 의자에서 일어섰다. 나는 햇살이 머무는 테이블을 포기하고 그분들의 목소리가 가장 작게 들리는 다른 곳으로 자리를 옮겼다.

아무리 와해되기 직전의 팀이라도 공공의 적이 생기고 나면 끈끈한 힘이 생기기 마련이다. 그분들의 모습을 보며 마음속으로 어른답지 못하다는 생각을 했다. '나이 들어도 사람은 다 똑같구나.' 대체 무슨 사정인지 알 수 없지만 그들은 내가 바라는 좋은 어른의 모습이 아니었다.

얼굴도 모르는 윤희 아줌마의 심정이 이해가 갔다. 안쓰러웠다. 어쩌면 그분에게 동병상련의 마음이 생겨서 카페에 모여 있던 어머님들이 더 미워 보였는지도 모르겠다.

나는 중학교에 입학하고 새로운 친구를 사귀면서 생각보다 많은 어려움을 겪었다. 항상 내 곁을 지켜 주는 친구는 당연하게 여기고 나와 먼 친구들과 가까워지기 위해 애를 썼다. 그런 나의 헛된 노력은 그들의 결속력을 더욱 단단하게 만들어 줄 뿐이었다. 그건 더 이상 앞으로 나아갈 수 없는 망가진 자전거의 페달을 밟는 일이었다.

여름 방학이 다가오는 어느 날이었다. 내가 가까워지

고 싶어 하는 무리의 두 명이 어쩐 일인지 내게 다가왔다. 그러더니 운동장에 있던 수돗가로 물놀이를 하러 가자고 했다. 순간적으로 기뻤던 기억이 아직도 또렷하다.

'아, 이거였구나?' 그 물놀이는 내가 생각했던 것과 달랐다. 수돗가에서 둘은 신이 난 얼굴을 하고선 나만 공격했다. 그들에게 나는 친구가 아닌 그저 놀잇감에 지나지 않았다.

그때 무리에 끼고 싶어 애쓰던 마음이 툭 끊어졌다. 나는 그들이 신청한 결투에 온 힘을 다해 응했고 둘은 물에 빠진 생쥐 꼴이 되었다. 모든 시간에서 나는 약자였고 을이었지만 이 대결에서만큼은 아니었다.

"여름에 물장난하니까 시원하고 좋다. 그치!" 나는 끝까지 아무것도 몰랐다는 듯 재밌었다며 교실로 먼저 올라갔다. 뒤통수 너머로 분에 찬 욕이 들렸다. 둘은 교실에 올라오자마자 다른 친구들에게 그 일을 곧장 일러바쳤다. 물론 자신들이 먼저 물놀이를 하자고 했다는 사실을 제외한 채. 과연 물놀이에서만큼은 내가 이긴 게 맞

넌 사랑받을 자격이 충분해

았을까.

그렇게 억지로 껴 맞춘 어긋난 관계는 산산이 조각난
채로 끝났다. 나는 왜 나를 미워하는 친구들 사이에 끼
고 싶어 했던 걸까.

오래 지속되지 않을 얕은 관계인 줄 알면서도 여러 명
의 아이들과 한 무리에 속해 있으면 그것만으로 느낄 수
있는 안정감이 있었다. 그건 혼자가 아니라는 것을 남에
게 드러내 보이면서 성립되는 일그러진 안정감이었다.
그게 아무리 우겨도 진짜가 될 수 없는 가짜인 줄 알면
서도 쉽게 놓아지지 않았다.

과거로 돌아갈 수만 있다면 어린 시절의 나를 찾아가
눈을 맞추고 이렇게 말해 주고 싶다.

바람이 불면 금방 날아갈 가벼운 관계를 붙잡고 불안
에 떨지 않아도 된다고. 굳이 애쓰지 않아도 소중한 인
연들은 만나지기 마련이라고. 그저 드넓은 초원 위에 가
만히 누워 그 사람과 얼마나 행복할지 마음껏 상상하기

만 하면 된다고. 넌 이미 사랑받을 자격이 충분하니 걱정할 필요 없다고 말이다.

시간이 잠시 길을 잃어 과거의 나에게 말을 꼭 전해주기를. 그리고 윤희 아줌마에게도 이 마음이 닿았으면 했다.

잠들어 있는 감각을 깨우다

글을 쓰기로 마음먹은 이후부터 세상을 바라보는 시선이 조금 달라졌다. 집을 나서는 순간부터 글의 소재를 주우러 다니는 모험가가 된 듯하다. 비록 손에는 낡은 지도와 고장 난 나침반뿐이지만 마음만은 위대하고 우쭐한 소년처럼.

"그 사람은 헤어지는 데도 이유와 논리를 따지더라고", "차라리 다른 이유라면 모를까, 이제 돈 때문에 내 사람을 잃고 싶지는 않아.", "내가 그 한 발을 떼지 못하는 바람에 죽지 못했어." 여러 사람의 인생을 떠돌다가 나에게 안긴 호젓한 문장들.

평소라면 별 감흥 없이 넘겼을 지인의 말 한마디가 큰 울림으로 남는다. 이 문장의 뒤를 무엇이 잇고 있을까. 우연히 내게 도착한 이 말이 쉽게 넘겨지지 않는 건 유난스럽고 소란하지 않은 날들도 소중하게 간직하고 싶기 때문일 것이다.

하루의 단면을 잘라 내 그 안을 세밀하게 관찰하는 일. 내 삶의 빈틈까지 샅샅이 살피는 습관에서 수필은 시작되고 또 마무리된다. 속절없이 흘러가는 물가에 오늘을 떠맡기지 않고, 격정적이기도 하고 소용없기도 한 날들을 '쓰기'로 남길 수 있다는 건 얼마나 큰 행운일까.

뜻밖에 마주한 풍경들이 말 없는 감동으로 다가오듯이. 밋밋하고 볼품없는 시간일지라도 글로 쓰고 나면 그 자체로 반짝이는 날들이 된다.

물러설 곳을 마련해 두는 습관

사법 고시를 스물여덟 번 치르고 나서야 변호사가 되었다는 할아버지 이야기를 들었다. 그는 이십 대에 시작한 꿈을 오십 대가 되어서야 이룰 수 있었다. 텔레비전 화면에 비친 그의 삶을 보며 꿈이라는 단어의 무게가 모든 사람에게 같지 않을 수 있다는 생각을 했다. 그에게 꿈은 포기할 수 없는 대상이었으며 끝내 잃고서는 살 수 없는 인생의 목표이자 존재 이유였으리라.

나도 임용 시험을 공부하면서 한 달 동안 집 밖을 나가지 않은 적이 있다. 답답할 때는 옥상에 잠시 올라가 하늘을 보았고 나머지 시간엔 공부를 했다. 공부하는 시간으로만 하루를 꾹꾹 눌러 채웠다. 처음 공부를 시작했을 때는 마음이 가벼웠다. 시험 삼아 보는 시험. 나는 일부러 시험공부 기간을 일 년의 절반인 여섯 달만 두었다.

혹시 시험에 떨어지더라도 변명할 거리가 생길 수 있도록. 내가 결코 교사가 될 자질이 부족하거나 공부에 최선을 다하지 않아서가 아니라 '시간이 부족했다'라는 핑계를 댈 수 있도록. 마치 패배를 직감한 군인이 퇴로를 확보해 두는 것처럼 말이다. 그때 나는 내가 선택한 시간에 자신이 없었다.

미리 마련해 둔 방패는 정말 쓸모가 있게 되었다. 확신보다 불안이 더 앞섰던 시험에 예상대로 나는 합격하지 못했다. 계속 공부를 하다 보면 언젠가는 붙는 날이 오겠지. 시간이 어떻게든 이 고난을 해결해 주리라 믿으며 작년에 했던 공부를 다음 해에 또 붙들었다. 그러나 기약 없이 해를 거듭해도 결과는 쉽게 달라지지 않았다.

나에게는 한 발 물러설 곳을 마련해 두는 습관이 있었다. 간절히 바라던 일을 결국은 이루어 내지 못하고 실패했을 때 상처를 받는 것이 두려웠다. 그래서 일부러 내 모든 것을 내던지지 않았다. 내 마음은 어디에도 정착하지 못하고 꿈과 현실의 중간 어디쯤 적당히 제 몸을 걸치고 살았다.

그건 스스로를 자책하며 공격하지 않기 위한 일종의 방어이자 대비이기도 했다. 그런 자조적인 비겁함은 금방 몸에 익숙해져 버려서 관성의 법칙처럼 나를 따라다녔다. 그럴 때마다 나는 내 마음을 살뜰히 보살펴 주지 못했다. 그렇게 시간을 견딜수록 아주 천천히 그리고 무겁게 가라앉았다.

이제 한발 물러설 곳을 마련해 두는 것이 아니라, 내가 지닌 능력보다 더 멀리 나설 수 있는 용기를 가져보려 한다. 작은 일이라도 하나씩 이루고 해내며 차근차근 앞으로 나아갈 곳을 마련해 두어야겠다.

투정과 불만으로 범벅된 곳

투정과 불만으로 범벅이 된 공간에 있으면 덩달아 머리가 지끈거리고 미간이 찌푸려진다. 하나의 일에 두 번의 투정을 쏟아 내고 다음 일이 시작되기도 전에 불만을 품었다. 웃으며 넘어갈 수 있는 일도 날 선 신경으로 따지게 되고 쉽게 해결할 문제도 굳이 탓할 사람을 찾아내 벌하게 된다. 그런 사람들이 가득한 곳이었다.

특정 누군가의 목소리를 음소거할 수 있는 능력이 있다면, 모든 사람에게 매일 침묵해야 할 시간이 할당된다면 얼마나 좋을까 하는 말도 안 되는 상상을 펼치곤 했다. 속으로 그런 생각을 하면서도 겉으로는 웃으며 동조

해야 하는 모순적인 상황에서 너무나 벗어나고 싶었다.

그들은 마치 무언가를 찢고 갈아 버릴 때만 제 존재를 인정받는 채칼이나 믹서기 같았다. 기계처럼 오차 없이 매사를 부정적으로 바라보고 불편하게 받아들였다. 어떨 때는 마음속에서 짜증과 화가 올라와서 그러는 게 아니라 그냥 입술에 붙은 습관이 되어 버린 듯했다. 원래 그런 험악한 기능이 자신에게 탑재되어 버릴 수 없는 처지에 놓인 것 같았다.

주변 사람들의 영향을 많이 받는 성격인 나는 그런 기운에 점차 익숙해지는 것이 무척이나 괴로웠다. 뾰족한 가시를 닮은 분위기가 언젠가부터 익숙해지기 시작했다. 사나운 말도 따끔하지 않았고 거친 말도 뭉뚝하게 느껴졌다. 그렇게 따갑다가 아니다가를 반복하는 말들을 견디고 터벅터벅 집으로 향했다.

지친 내 마음을 알아챘는지 구름이 내 머리 위에 꿈결처럼 포근한 장면을 선사해 주었다. 가만히 머리를 쓰다듬어 주는 기분이었다. 새하얀 뭉게구름 위로 애틋하고 편안한 사람들의 얼굴이 둥실둥실 떠다녔다. 어딘가 따끔거리지 않은 채로 안부를 물을 수 있는 사람들이 그리웠다.

글 쓰는 시간을 일시 정지하다

음악을 녹음할 수 있는 수단은 오직 라디오 테이프 뿐이던 그때. 라디오 프로그램을 듣다가 좋아하는 가수의 노래가 나오면 재빨리 빨간색 녹음 버튼을 눌렀다. 그리고 라디오 옆에 앉아 덩달아 숨을 죽이며 테이프가 돌아가는 모습을 지켜보곤 했다.

그렇게 한 곡씩 차곡차곡 모아 둔 테이프를 듣는 게 유일한 취미이던 시절이 있었다. 시간을 잘못 맞춰 한 곡이 끝나기도 전에 새로운 전주가 시작되기도 했고, 노래가 갑자기 끝나는 바람에 라디오 광고가 섞이기도 했다. 비록 뒤죽박죽이지만 손수 만들었던 라디오 테이프를 말 그대로 테이프가 늘어질 때까지 반복해서 들었다.

글을 쓰는 일은 카세트의 녹음 버튼을 누르는 일과 비슷했다. 과거에 도착해 소중했던 추억을 수집하고, 그동안 잊었던 소중한 기억을 재생시킨다. 그리고 그 안에서 새로운 의미를 찾아 다시 녹음한다. 지난날을 회상하고 앞날을 상상하며 오늘을 쓴다는 것은 참으로 황홀한 일이다.

어른이 되어서도 종종 들으려 했던 그 라디오 테이프는 끝내 고장이 나고 말았다. 더욱 마음에 드는 테이프로 만들기 위해 계속 새로운 음악을 덧씌워서 녹음했고, 정교한 작업이 필요할 때는 테이프 구멍에 손가락을 억지로 넣어 반 바퀴씩 돌렸다.

테이프가 감당하기 버거웠던 지나친 욕심은 물건뿐만 아니라 무언가를 소중하게 생각하던 마음도 앗아가 버렸다. 때마침 음악을 들을 수 있는 MP3, 핸드폰 같은 수단이 다양하게 생겨났고 망가진 테이프를 다시는 찾지 않게 되었다.

글을 쓰는 동안 내가 가장 많이 한 일은 무엇보다 나 자신에게 묻고 또 묻는 일이었다. 책을 완성하는 동안 나 자신이 어떤 사람인지를 제대로 알아내고 싶었다. 그렇게 아침에 눈을 뜨고 저녁에 잠이 들기 전까지 나에게 끊임없이 질문했다.

아직도 타인의 시선에 얽매이고 있는 건 아닌지. 진심을 다하여 해내고 싶은 일은 무엇인지. 앞으로 어떤 신념을 가지고 살고 싶은지. 묻고 답하기를 반복하다가 나 자신에게서 답을 찾을 수 없을 때는 책을 읽었고, 지인을 만났고, 작가의 강연을 찾았다.

수많은 물음들은 모두가 잠들어도 멈추지 않는 파도처럼 쉴 틈 없이 밀려왔다. 삶의 무게를 동반한 질문들은 너무나 무거웠고 늘 불확실한 답변만 내놓는 내 모습이 답답했다. 그러다 나에게 묻고 싶은 것도 답하고 싶은 것도 남지 않게 되었다. 나는 파도에 잠식하여 물먹은 라디오 테이프처럼 재생할 수 없는 상태가 되고

야 말았다.

내 안을 샅샅이 살피며 흉터로 남은 아픈 상처를 다시 건드리는 건 생각보다 그리 간단하지 않았다. 혼자서만 품고 있던 기억과 소망을 누군가 제대로 이해해주길 바라며 글로 쓰는 일이 점점 부담스러워졌다.

라디오를 가지고 놀던 그 시절에 나는 재생 버튼 옆에 붙어 있는 일시 정지 버튼을 좋아했었다. 딸깍 소리를 내고 테이프가 완전히 정지되어 버리는 게 아니라 언제든 곧바로 다시 시작할 수 있는 일시 정지 상태가 왠지 모르게 안심이 되었다.

완전한 정지가 아니라 일시적으로 멈추었다가 곧바로 다시 음악이 흘러나올 수 있게 하는 버튼. 일시 정지 버튼을 누르면 음악이 나오지 않는 동안에도 다음에 나올 멜로디를 곧장 흥얼거릴 수 있었다.

마음을 다하고 싶은 일을 포기하지 않기 위해서 때로는 멈출 필요가 있음을 알기에. 잠시 글에게서 떠나기로 했다. 오랜 멈춤이 아니라 글쓰기를 더 사랑하기 위해 숨을 고르는 시간이 될 것이다. 다시 글쓰기를 재생할 그날을 기다리며. 글쓰기를 영영 놓아 버리지 않기 위해 잠시 일시 정지 버튼을 누른다.

일상이 매일매일 축제는 아니지만

포근한 이불을 힘겹게 걷어 내고 세면대 앞에 서서 가만히 얼굴을 들여다본다. 밤새 굳어 있던 표정과 근육을 조금씩 풀어 본다.

낯설기만 했던 혼자 보내는 시간도 조금씩 익숙해졌다. 출근하는 일상에서 벗어나니 자연스럽게 동네에서 보내는 시간이 많아졌다. 평일은 직장, 주말은 근교. 이러한 생활 패턴이 이어져 지금까지는 동네에서 만든 별다른 추억거리가 없었던 것이다.

요즘은 우리 동네와 부쩍 가까워졌다. 우리 동네와 봄

꽃을 닮은 설렘 가득한 연애를 하는 기분이랄까. 먼저 자주 가는 단골 카페가 생겼다. 아침에 일어나서 머리만 겨우 말린 채 맨 얼굴로 단골 카페에 간다. 이제 내 자리가 된 것 같은 햇볕이 잘 드는 테이블에 가방을 내려놓는다. 음료를 주문하고 기다리며 노트북과 책을 꺼낸다. 이곳에서 나의 일과가 시작된다.

카페 사장님과는 인사를 나누는 사이가 되었다. 매일 날씨가 변하듯 사장님의 인사도 조금씩 바뀐다. '안녕하세요.', '따뜻한 녹차 라떼 드릴까요?', '책을 좋아하시네요.' 그리고 카페 음악은 흥겨운 멜로디의 팝송에서 잔잔한 재즈로 바뀌어 있다. 가사가 없는 고운 선율에 사장님의 배려와 친절이 묻어난다.

동네 주변에는 숲으로 가는 샛길이 많다. 봄바람을 타고 내려온 꽃 내음이 이끄는 대로 발걸음을 서서히 옮겼다. 우리 동네에 순해 보이는 아기 풀꽃들이 이렇게 많았는지 예전에는 알지 못했다. 머리 위로 정오의 태양이 쏟아지고 그림자는 발아래로 제 모습을 숨긴다. 세상이 가장 밝을 그 시간. 때마침 연인의 반가운 전화가 걸

보이지 않는 모든 순간에게

려온다.

"점심은 잘 챙겨 먹었어? 오늘은 날씨가 포근해서 참 좋네." 연인과 나눈 짧은 통화는 남은 하루를 이어 갈 긴 여운을 준다.

이윽고 해가 저물고 휘영청 달이 뜬 저녁이 되었다. 집으로 올라가는 길에 동네 마트에 들러 오렌지를 한 봉지 샀다. 마트 입구에는 자신을 데려가라며 손짓하는 과일들이 잔뜩 진열되어 있었다. 향긋한 과일의 표정에 기분이 좋아졌다.

그냥 지나치기가 아쉬워 노란색 바구니에 안에 담긴 오렌지를 고르는데 마트 아저씨가 슬쩍 다가오더니 "원래는 열한 개에 8,900원인데 그냥 덤으로 하나 더 줄게!" 하고는 저만치 멀어졌다.

마트 아저씨가 굳이 오렌지 하나를 더 얹어 주는 이유가 궁금했지만 다시 그를 따라가 묻지 않았다. 가끔은 궁금증을 해결하는 것보다 덤 하나에 즐거워하며 속없이 웃는 게 더 좋으니까.

오렌지 한 봉지를 안고 집으로 걸어가는데 아파트 단지에 줄 서 있는 가로등이 반짝 켜졌다. 어두운 밤길을 환하게 밝혀 주는 가로등이 다정하게 느껴졌다. 홀로 걷는 집으로 향하는 길이 외롭지 않았다.

삶에 여유가 생기고 나서는 시간의 속도가 느리게 흘러갔다. 내 하루를 온몸으로 반기다 보면 그 힘으로 또다시 일상을 힘차고 즐겁게 살아갈 수 있게 된다. 동네를 거닐며 예전에는 발견하지 못했던 삶의 따스함을 찾은 오늘처럼.

그동안 발견하지 못한 일상의 행복이 어딘가에 숨어 있지 않을까. 우리 인생이 매일매일 축제라면 불행할 틈도 없겠지만 살다 보면 혼자 힘으로 벗어나기 벅찬 시기도 있고 이겨 내기 어려운 시련도 찾아오기 마련이다.

작가가 되기 위해 글을 쓰는 과정도 안개 속을 걷는 듯 불안하지만, 꿈을 향해 걸었던 여정은 빛나는 등불이 되어 지난 인생에서 결핍과 불행으로 남았던 일들을 환하게 비춰 줄 것이라 믿는다.

평범한 하루도 소중하게, 사소한 일도 감사하며. 오늘도 웃을 일은 어디선가 우리를 기다리고 있다.

일상이 매일매일 축제는 아니지만

가장 보통의 하루

커튼 사이로 쏟아지는 햇살이 내 얼굴을 간지럽힌다. 무거운 눈꺼풀을 몇 번 깜빡이다가 다시 잠이 든다. 이불에 얼굴을 더 파묻고 미소를 짓는다. '오늘은 조금 더 자도 괜찮아.'

직장을 그만두고 좋은 점은 이른 아침에 억지로 눈을 뜨지 않아도 된다는 것이다. 내게 이보다 더한 호화는 없다. 요즘 유행하는 자기계발서에는 하나같이 새벽부터 일어나 하루를 시작해야 한다는데. 책장에 꽂힌 책들이 나를 째려보는 것 같아 뒤통수가 따갑다.

어제는 커피를 두 잔이나 마셔서 늦게 잠들었다. 유독 카페인에 약한 체질이라 카페에 가도 녹차 종류의 음료를 마시는데 웬일인지 전날 들렀던 카페 두 곳은 모두 커피만 팔았다. 잠을 설쳐서 그런지 솜뭉치처럼 눅눅하고 무거워진 몸을 침대에서 겨우 끌어 내렸다.

집 안을 둘러보니 가족들은 일터로 떠나고 홀로 거실에 남아 있다. 한때는 독립을 외치던 시절이 있었는데 어쩌다 보니 이사 한 번을 하지 않고도 혼자 생활하게 되었다. 가족들에게 미안한 마음도 들지만 내심 이 시간이 즐겁다.

창문 밖 풍경은 여름의 시작을 알린다. 큰 창을 열고 날씨에 조금만 곁을 내어 주면 금세 계절의 순환을 느낄 수 있다. 산꼭대기에서 선선하게 내려오는 바람, 초록의 기운을 한껏 머금은 녹음, 산새들이 건네는 노랫소리까지 모든 게 완벽한 시간. 창문에 얼굴을 내밀어 흙냄새가 스며든 공기를 만끽한다.

아침에는 밥 대신 향긋한 티백으로 우려낸 차 한 잔,

그리고 제철이라 더욱 달달한 토마토로 가뿐하게 시작한다. 평소라면 이런 가벼운 식단은 곤란하다. 식당에 가면 어린아이에게 밥을 먹이기 위해 진땀을 빼는 엄마를 볼 수 있는데, 우리 집은 그 구도가 여태껏 이어지고 있다. 아침부터 밥 먹으라는 엄마가 없어 편하기도 하고 혼자라서 쓸쓸하기도 한 식탁이다.

집에서 즐겨하는 운동은 요가다. 잠이 덜 깬 상태로 요가를 하며 몸을 풀고 정신을 맑게 한다. 홈 트레이닝으로 하는 요가는 매트를 깔기만 해도 절반은 성공이다. 운동을 시작하기까지 준비하는 고비만 넘기면 선생님을 따라 동작을 하는 건 어렵지 않다.

역시 몸보다 마음을 움직이는 일이 더욱 힘든가 보다. 요가 선생님은 강물처럼 낮은 목소리로 차근차근 동작의 순서를 설명한다. 그를 따라 천천히 팔을 구부리고 다리를 뻗는다.

시계가 정오를 가리킬 때쯤이면 집에 혼자 있는 시간이 공허해진다. 가족들은 직장에서 힘들게 일하는데 혼자만 평온하고 여유로운 것 같아 미안한 마음이 든다. 가족은 왜 옆에 없을 때 애틋함이 더욱 또렷해지는 걸까. 정작 함께 있을 때 더 살갑게 대하지 못한 지난날들이 가슴을 저릿하게 만든다.

평소와 같은 조용하고 나른한 오후. 책장으로 걸어가 읽고 싶은 책을 고른다. 감성을 자극하는 에세이와 수익을 창출하는 방법을 알려 주는 경제서를 양손에 한 권씩 든다. 아무에게도 방해받지 않고 오로지 책에만 집중하는 시간. 책을 읽으며 오래 기억하고 싶은 부분에 밑줄을 긋거나 따로 적어 둔다. 세월 앞에서 기억은 초라해지지만 기록은 더욱 굳건한 힘을 갖게 되니까.

글을 쓰는 고요한 저녁 시간. 잠시 눈을 감고 소란하고 바쁜 일상 중에서 글의 소재를 곱씹어 본다. 머리가 글감을 찾는 동안 손가락은 가만히 있기 눈치가 보이는지 하얗게 빈 컴퓨터 화면에 아무 말이나 적어 본다.

흔한 노래 가사였다가, 친구의 지나가는 말이었다가, 언젠가 본 정겨운 마을이었다가, 믿고 싶지 않은 뉴스였다가. 그 문장들은 이내 깜빡이는 커서를 따라 사라졌다가 다시 등장하기를 반복한다.

하늘의 명도는 점차 낮아지고 가족들도 하나둘씩 집으로 돌아온다. 혼자 있다가 가족들을 보니 반갑기도 하고 나만의 시간이 끝난 게 아쉽기도 하다. 엄마와 함께 뜨끈한 김치찌개를 끓이고 냉장고에서 밑반찬들을 꺼내 푸짐한 저녁을 먹는다. 내 아침 식사와 전혀 다른 따끈한 밥상이다.

어느덧 또다시 침대로 돌아갈 시간이 된다. 외출할 일이 없는 날은 이렇게 집에서 잔잔한 하루를 보낸다. 하루 정도는 복잡한 경쟁 속에서 잠시 나를 데리고 나와도 괜찮다. 내 공간에서 머리를 질끈 묶고 편한 옷을 걸치고 잘 쉬는 일에 집중한다.

분명 특별할 것 없는 보통의 하루를 보냈는데 마음은 넉넉하다. 이렇게 보통이 있어야 나쁨도 좋음도 존재할 수 있겠지. 보통을 닮은 하루가 있어 나쁜 날을 버틸 힘도, 좋은 날을 만끽할 기운도 생긴다.

달력은 어김없이 넘어가고

달력만큼 세월의 흐름을 정확히 매기는 사물이 또 있을까. 소리 없이 가을이 찾아왔고 어느덧 두툼했던 달력이 반도 남지 않게 되었다. 서른 번째 달력도 그렇게 끝을 향해 달려가고 있었다. 시월의 달력을 넘기는 순간에 맞춰 창밖에서 서늘한 바람이 불어왔다.

가을이 되면 한 해를 돌아보는 습관이 있다. 소멸의 기운과 맞닿아 있는 겨울이 오기 전에, 너무 늦게 알아채기 전에 미리 매겨 보는 올해의 성적표랄까. 지나 버린 시간을 계속 뒤돌아보고 따져 본다.

수많은 계획과 다짐으로 가득한 올해의 달력은 유난히 두껍게 느껴졌다. '새해 첫날 나 자신과 약속했던 것들을 얼마나 지키고 있을까.' 그날의 의지는 어디론가 사라지고 생기를 잃은 낙엽처럼 동요하는 마음만 남아 있다.

올해 가장 큰 목표는 책을 출간하는 일이었다. 무심히 보내던 하루를 곱씹어 보고 그날의 마음과 시간을 글로 차곡차곡 담았다.

책에 실을 원고를 쓰면서 글이 써지지 않아 답답한 날도, 조급한 마음만 앞서 화면에 뜬 백지와 달리 눈앞이 캄캄한 날도 있었다. 그런 날이면 타자기 위에 있던 손가락은 고장 난 컴퓨터처럼 오류가 걸린 듯 자주 멈추기도 했다.

글을 쓰기 시작한 지 벌써 여러 달이 흘렀다. 야속한 달력은 어김없이 넘어가는데 언제쯤이면 나만의 이야기로 책을 완성할 수 있을까. 작가가 되어 꿈을 펼치는 그날을 미리 달력 마지막 장에 그려 본다.

일 년 열두 달 똑같았던 하루가 없었듯이 오늘도 다른 감정으로 종이 위를 채운다. 가을바람에 느슨해진 생각을 흘려보내고 다시 꿈의 얼개를 촘촘히 짜 넣는다.

찰나의 순간을 기록하는 연습

"지금 적어 놓지 않으면 기억 속에서 사라질 거야. 얼른 적어 둬야 해." 이렇게 마음먹고도 적지 않아 잊힌 글감이 얼마나 많은지 모른다. 글을 쓰는 사람이 되기로 다짐하고 실행에 옮기기 시작하면서 세상의 모든 순간은 내게 글로 남기고 싶은 글감이 되었다.

손을 대차게 흔들어 버스 기사에게 기다리라는 수신호를 보내는 할머니. 굳이 저 멀리서부터 뛰어오는 사람은 없는지 살피고는 기어이 그 걸음이 버스에 도달할 때까지 멈추어 기다리는 기사님. 그런 애틋한 마음이 깃는 장면을 포착하면 내 얼굴에도 저절로 미소가 지어진다.

비가 온 뒤 세상이 선명하고 환하게 보이는 것 역시 나만의 착각이 아니었다. 하늘에서 물방울이 내려 깨끗해진 창문들과 나뭇잎을 바라보면 시야를 가리던 무언가가 한 겹 사라진 기분이 든다. 비가 내리고 맑게 갠 아침 공기는 뭔가 다르게 느껴진다.

학교를 마치고 제 덩치만 한 가방을 멘 채 친구들과 집으로 향하는 초등학생들의 뒷모습이 괜히 애잔하게 느껴진다. 학교를 마치고 집으로 가면 아무도 없는 빈집에 홀로 앉아 있다가 하릴없이 동네를 돌아다니며 시간을 보내던 외롭고 쓸쓸했던 유년 시절이 겹쳐진다. 어른이 되고 나서야 그때의 나를 끌어안아 보듬는다.

글을 쓰기 시작하면서 기록해 놓고 싶은 순간이 늘어났다. 글감을 찾는 일은 책을 쓰기 위해 시작되었지만 나에게 주어진 하루를 있는 힘껏 소중하게 바라볼 수 있도록 만들었다. 그 덕분에 자주 행복을 느낄 수 있게 되었다.

글감이 될 만한 장면을 마주하거나 마음속에만 품어 두었던 추억이 문득 떠오를 때면 나중으로 미루지 않고 바로 핸드폰을 꺼낸다. 그리고 그것들을 손가락을 움직여 적어 둔다.

　나중에 읽어 보면 알아보기 힘들 만큼 짧은 내용이지만 이 어설픈 기록에 생각과 마음이 더해져 한 편의 글로 완성된다. 상처마저도 아름답게 간직할 수 있도록 만드는 글을 쓰는 일. "역시 글을 쓰는 사람이 되기로 다짐한 건 잘한 일이야." 하며 기억하고 싶은 찰나의 순간을 기록한다.

비 내리는 풍경이 짓는 표정

거친 바람에 몸을 가누지 못하고 흔들리는 나뭇가지. 어두운 하늘을 물들이며 퍼져 가는 잿빛 구름. 세상은 찌르면 금방이라도 터질 것처럼 습기로 가득 차 있다.

비 오는 날에는 눈과 귀를 막고 물속을 걷는 듯한 우울함이 차오른다. 그런 풍경을 바라보면 이유 없이 마음속까지 적막으로 가득해진다.

사람은 날씨의 영향을 받는다는 기사를 읽은 적이 있다. 심리학자나 정신과 의사 같은 전문가의 의견이 반영된 기사였을 텐데. 왠지 모르게 그 기사 내용을 믿고 싶지 않았다. 고작 날씨에 따라 사람의 기분이 바뀐다는 사실은 곧 사람의 의지가 별것 아니라는 뜻으로 받아들여졌기 때문이다. 사람은 외부의 환경에 따라 속절없이 변하는 나약한 존재가 아니라고 믿고 싶었다.

머릿속으로는 기사를 열렬히 부정하고 있었지만 내 행동은 기사의 실제 사례와 같았다. 비가 내리고 채광이 별로 들지 않는 날씨에는 평소보다 눈꺼풀이 무겁고 몸도 느리게 움직였다. 고작 날씨에 영향을 받는 내 모습이 나약하게 느껴져서 일부러 자주 듣지 않는 경쾌한 노래를 틀어 놓고 외출 준비를 했다. 외부의 상황에 쉽게 휩쓸려서는 안 된다는 다짐과 압박이 흥겨운 음악 끝에 매달려 나를 따라다녔다.

감정과 기분은 일부러 조작하지 않고 그냥 흘러가는 대로 두는 게 맞다. 비 내리는 풍경은 울고 있는 사람의 표정을 닮았다. 그리고 슬픈 기운은 슬며시 나에게도 스며든다.

비 내리는 울적한 날에 내 마음을 두드리는 우울함을 내쫓지 말고 그저 곁에 머물게 두기로 했다. 봄비를 따라 눅눅한 기분에 빠져 보니 이런 하루도 운치 있는 풍경처럼 꽤 근사하다는 생각이 들었다.

우울한 감정은 부정해야 할 대상이 아니다. 극복하고 뛰어넘어야 할 감정도 아니다. 우울은 부인하고 거부할수록 내 안을 파고든다. 우울에서 달아나려고 하면 그 안에 묶여 갇혀 버리고 만다. 그러니 적막하고 쓸쓸한 감정을 뛰어넘으려 하지 말고 차분히 읽어 보았으면 한다.

우리 삶에서 환상적인 장면으로 엔딩을 장식하는 영화 같은 날은 얼마나 될까. 사실은 환희로 가득 찬 극적인 순간은 얼마 없지 않을까. 어쩌면 인생에는 빛나는 날들보다 무덤덤하게 흘러가는 시간이 더 많을지 모른다.

문득 삶은 날씨와 닮았다는 생각을 했다. 비 오는 날에는 괜스레 축 처지는 것처럼 가끔은 내가 어쩌지 못하는 일들도 있겠지. 그런 화창하지 않은 날들도 의연하게 감내할 수 있기를. 비 내리는 풍경도 해가 들어 화창한 날처럼 끌어안아 줄 수 있기를. 빗방울이 내리는 창밖을 보며 생각했다.

달지 않고 담백하게

오븐에서 갓 구운 빵 위에 촉촉하고 부드러운 크림이 겹겹이 쌓인다. 빵과 크림은 한 팀이 되어 손을 잡고 춤을 추듯 온 미각을 장악한다. 둘은 입속을 무대 삼아 빙글빙글 돌며 식욕을 자극한다. 생크림을 무리하게 덧바르지 않아 무작정 달지 않다. 꼭꼭 씹으면 어딘가에 숨어 있던 당근이 씹히고 당근만이 가진 특유한 향이 퍼진다. 오직 당근만이 가진 유일한 맛과 향이 입안을 맴돈다.

체리와 블루베리가 올라가 앙증맞은 케이크나 까만 초콜릿이 가득 얹어져 보기만 해도 달콤한 케이크를 좋아하던 시절도 있었다. 어른이 되면서 입맛이나 취향도 바뀌어 가는 걸까. 이제 냉장고에 있는 차가운 우유가 아니라 티백으로 뜨겁게 우려낸 따뜻한 녹차가 케이크와 더욱 잘 어울린다. 요즘은 카페에 가면 다른 것보다 당근 케이크가 있는지 먼저 찾게 된다.

디저트를 고르는 눈길조차 달라진 서른. 아마 내 주변의 더 많은 것들이 다르게 보일 것이다. 삶에서 우선순위로 두었던 것들도 조금씩 달라졌고, 오래 집착했던 인간관계에 연연하지 않게 되었다.

예전에 소중하게 간직해 왔던 것들이 이제는 중요하지 않게 되기도 했고, 무슨 일이든 머뭇거리고 주저하던 마음에서 벗어나 끝까지 해내는 결심과 다짐을 갖게 되었다.

세월이 흐르면서 또 다른 나를 발견하게 되겠지. 그럴 때마다 당근 케이크를 좋아하게 된 것처럼 소란하지 않고 담백하게. 앞으로 마주할 새로운 것들을 여유 있게 받아들일 수 있는 단단한 사람이 되었으면 했다.

시절이 멈춰 있는 사진

그리운 사람을 떠올리듯 예전에 찍어 둔 풍경 사진을 꺼내 본다.

석양이 그려지던 시간. 반짝이던 태양은 산등성이 아래로 사라지고 소리를 잃은 적막이 공기를 채운다. 어둠이 서서히 깔리고 주황과 보라가 섞인 오묘한 색이 흘러내린다. 바다와 하늘은 경계를 허물고 서로를 닮아 간다. 사진을 손에 든 나는 거대한 파도에 떠밀리듯이 기묘한 힘에 이끌린다. 그리고 그 시절에 조약돌처럼 사뿐히 놓인다.

먼지가 쌓인 상자를 발견하고 무심결에 열었더니 몇 년이 지난 사진들이 잠들어 있다. 정리되지 않은 채 수북이 쌓여 있는 사진들. 사진으로나마 붙들고 싶었던 것은 단순히 공간과 배경만은 아닐 것이다. 사진은 오래 기억하고 싶었던 시절을 나 대신 간직하고 있다. 풍경도, 사람도, 추억도, 그 시절의 내 모습도. 내가 남기고 싶었던 순간이 여기에 멈추어 있다.

이제는 흐릿해져 제대로 기억해 낼 수 없는 그날의 기분과 상념. 카메라는 프레임 밖에 있는 것들을 담아낼 수는 없지만 그 시절의 추억을 기록해 내는 신비로운 힘을 가지고 있다. 그러지 않고서야 고작 사진 한 장을 보고 단숨에 떠오르는 마음들이 이렇게 많을까.

사실은 그 사람을 그리워하기 위해 풍경 사진을 바라보고 있는지 모르겠다.

시절이 멈춰 있는 사진

마음의 주인이 되기 위해

기나긴 장마는 끝날 줄을 몰랐다. 유난히 축축한 기운이 가득 찬 한여름이었다. 하루, 이틀, 사흘, 나흘은 거뜬히 넘기고 열흘 내내 비 내리는 날이 이어졌다. 습기가 온 집 안을 뒤덮었고 장롱 속에 잠들어 있던 눅눅한 옷들 사이에서는 고릿한 냄새가 나기 시작했다. 쾌쾌하고 끈적한 옷장에는 특별한 조치가 필요해 보였다. 그래서 해가 바뀌어도 입지 않는 옷들을 정리하기로 했다.

옷걸이에는 미련과 오기가 덕지덕지 붙은 옷들이 걸려 있었다. '언젠가 한 번은 입을 것 같아서', '꽤 비싼 값에 산 옷이니까' 옷들은 저마다 옷장을 떠나지 못하는 이런저런 이유를 달고 나를 쳐다봤다.

"이 옷이 아직도 있었네?" 누렇게 색이 바랜 하얀색 블라우스와 소매가 허름해진 체크무늬 셔츠. 유행이 지나 버린 앙고라 니트와 촌스러운 꽃무늬가 잔뜩 그려진 짧은 치마. 그리고 목이 늘어난 반팔 티와 물이 빠져 볼품없어진 청바지까지. 오랫동안 음침한 곳에 방치된 옷들은 버려지는 것에 오히려 안도를 느끼는 듯했다.

켜켜이 먼지가 쌓일 때까지 입지도 않을 옷들을 왜 버리지 못했을까. 옷장의 크기를 가늠해 보지도 않고 불필요한 옷들로 가득 채워 놓고 있었다. 아쉬움만 남은 옷들을 과감하게 버리고 나서야 내가 가진 옷장의 크기를 제대로 볼 수 있게 되었다.

옷장은 여유를 되찾은 사람처럼 편안해 보였고 새로운 옷들을 맞이할 준비로 설레는 듯했다. 지금 내 마음 안에서는 버려야 할 것들을 제때 비워 내고 있을까.

시간이 흐르며 연락이 뜸해진 사람들이 있다. 사는 곳

이 멀어지기도 하고, 직업이 달라지기도 하고, 관심사도 달라지면서 서로의 삶에서 자연스레 흐릿해졌다. 그때마다 더는 나를 찾지 않는 이들에게서 서운함을 느끼곤 했다. 내가 그들의 삶에서 삭제된 것 같은 기분이 들어 마음 한구석이 헛헛하기도 했다. 그런 섭섭한 마음이 들면서도 괜한 심술이 생겨 먼저 연락을 하지도 못했다.

내 마음도 정리되지 않은 옷장과 비슷한 상태인 건 아닐까. 그동안 지나친 욕심과 복잡한 생각들이 내 마음을 비좁게 만들고 있지는 않았나.

텅 비어 버린 옷장은 오히려 느긋함과 편안함으로 꽉 차 보였다. 표정 없는 옷장이 생글생글 웃는 듯했다. 다시 입지 않을 옷들을 버리고 나서야 나는 비로소 내 옷장의 주인이 될 수 있었다.

내 방의 옷장처럼 답답한 줄도 모르고 끌어안고 있던 것들을 내려놓아야겠다는 생각을 했다. 진정한 마음의 주인이 되기 위해서는 옷장을 비워 내듯 쓸모없는 생각과 불필요한 감정들을 흘려보낼 줄 알아야 한다.

다 해진 낡은 마음을 버려야만 내 삶에서 진정으로 소
중하고 감사한 존재들을 제대로 볼 수 있을 테니 말이다.

버려지지 않는 악몽

가장 괴로웠을 때가 언제였냐고 누군가 묻는다면 주저 없이 그때라고 말할 것이다. 나를 신뢰하지 않는 사람과 함께 일해야만 했던 시간. 업무의 과중함보다 미움을 받고 있다는 순간을 자각할 때의 혹독함이 나를 더욱 움츠러들게 만들었다.

원하지 않는 사람과 온종일을 보내며 살아야 한다는 건 신경질이 잔뜩 나서 아무 데나 구겨 버린 종이 더미에 파묻혀 있는 것과 같았다. 차라리 그 더미에 묻혀 잠시라도 모습을 감추고 싶었다.

그곳에서의 기억은 꽤 오래 내 안을 맴돌며 나를 망가 뜨렸다. 더는 좋아했던 일을 할 수 없어 멈추게 되었고 사람을 경계하게 되었다. 감정의 문을 잠가 누구에게도 쉽게 곁을 내어 주지 못하게 됐다. 병들고 지친 마음을 따라 몸까지도 이곳저곳 고장이 나 버렸다.

애써 떼어 내고 털어 버려도 돌아서면 다시 일어나 있는 스웨터의 보푸라기처럼 그 기억은 내 안에서 완전히 떨어져 나가지 않았다. 한참을 악몽에서 시달리다가 꿈에서 깨어났는데도 그 기운만은 끝나지 않고 내 주변을 맴도는 것처럼.

어떻게 하면 폭풍처럼 날카로웠던 공간에서의 기억을 던져 버릴 수 있을까. 지워 버릴 수 있을까. 과연 그럴 수 있을까. 결국은 그 무엇도 가능하지 않게 되면 어쩌지 하는 마음에 또다시 수렁 속으로 빨려 들어간다.

나에게 안부를 묻는다

글쓰기는 오로지 자신만이 해낼 수 있는 고유의 영역
이다. 그동안 자세히 들여다보지 않고 외면해 오던 나를
찬찬히 살펴보게 일이기에. 내가 아니면 누구도 대신할
수 없는 일이기에. 더욱 소중하고 숭고하다.

"혹시 글쓰기 대회 나가 볼 생각 없니?" 고등학교 1학
년 때였다. 국어 선생님께서 글쓰기 대회를 권하셨다.
그날 백일장 대회의 시제는 선인장이었다. 선인장의 이
미지를 곰곰이 떠올리자 세상을 향해 날카롭게 가시를
세우고 있는 내 모습과 닮았다는 생각이 들었다.

가시 돋친 닮은 사춘기 소녀. 그리고 그런 나를 바라보고 있을 엄마가 떠올랐다. 조용히 소리 내어 '엄마'를 발음할 때면 항상 미안함의 감정이 가슴속에서 함께 딸려 나왔다. 마음이 먹먹해졌고 그동안 누구에게도 하지 못한 채 숨겨 왔던 엄마와 내 이야기를 종이 위에 적었다. 상처투성이가 되면서도 아랑곳하지 않고 나를 끌어안았을 엄마의 마음을.

그날 내가 쓴 글은 고등부 장원으로 선정되었고 학교 교지와 지역에서 운영하는 문단 책자에 실리게 되었다. 선생님과 친구들로부터 엄마를 떠올리게 되었다는 말을 전해 들었다. 그 말을 들을 때마다 얼굴이 빨개지고 손을 내저었지만 누군가가 내 글을 읽어 주었다는 사실이 기쁘고 감격스러웠다. 아무도 몰라주던 내 마음을 알아준 것 같아 고마웠다.

사춘기 때의 기억을 떠올리면 거친 넝쿨이 무성한 숲을 헤매는 기분이 든다. '우리 집에는 왜 피아노가 없을까?', '다른 친구들처럼 왜 핸드폰을 가질 수 없을까?', '연휴 때마다 해외여행을 가면 얼마나 행복할까?' 주변

나에게 안부를 묻는다

친구들과 나를 비교하고 상처받기 바빴다. 그런 불만이 생길 때마다 누구도 탓할 수 없다는 것이 나를 더욱 지치게 만들었다.

글쓰기 대회 이후 나의 사춘기 시절은 대부분 글로 기록되었다. 그때부터 글쓰기는 버거운 시간을 견딜 수 있게 해 준 은인이자 나를 지탱해 주는 튼튼한 뿌리가 되어 주었다.

글을 쓰면서 마음의 흉터로 남은 지난날의 결핍과 후회도 조금씩 흐릿해졌다. 그래서인지 글을 쓰는 시간만큼은 혼자가 되어도 외롭지 않았다. 가시 돋친 사춘기 소녀가 그랬듯이 오늘도 글을 쓰며 나의 안부를 묻는다.

텅 빈 시간을 꿈으로 채워 준 공간

어릴 때부터 도서관은 나의 외로움을 채워 주는 공간이었다. 도서관과 나의 첫 만남은 그리 달갑지 않았다. 맞벌이를 했던 부모님은 항상 바쁘셨고 집에 홀로 남겨진 시간이 많았다. 하루에도 혼자 메워야 할 시간이 반나절 이상 주어졌지만 텅 빈 시간을 매일매일 색다른 것으로 채우기에는 용돈이 부족했다. 한마디로 돈 없는 시간에 남겨진 나는 별수 없이 도서관으로 향하게 되었다.

도서관은 수많은 책을 나에게 건네주었다. 그곳에서 새로운 책을 손으로 집어 드는 순간마다 새로운 세상으로 통하는 문을 여는 것 같았다. 소설을 읽는 것에만 익숙하던 나는 도서관 서가에 있는 수많은 종류의 책을 처음부터 끝까지 훑어보며 시간을 보내는 것을 좋아했다. 도서관에 머무는 시간이 점점 늘어나면서 관심을 갖게 되는 분야도 넓어지기 시작했다. 마치 세상을 관찰하듯 서가에서 한참을 서성였다.

그중에서도 누군가의 인생이 깃든 산문집을 좋아했다. 저자는 삶을 글로 옮기는 행위를 통해 자신을 기꺼이 세상에 내놓았다. 저자의 목소리가 고스란히 담긴 문장에 집중했다. 외롭고 답답한 시간에 그 말들이 차분히 내려앉았다. 그리고 글을 쓰고 싶다는 마음이 싹트기 시작했다. 내 삶이 누군가에게 위로와 용기를 주었으면 하는 마음도 함께.

홀로 남겨진 외로운 시간을 버티려고 찾은 도서관에서 더 큰 꿈을 꾸게 되었다. 도서관은 이제 할 일 없는 시간을 대충 메우는 공간이 아니었다. 이곳은 나를 더 넓은 세상으로 연결해 주는 유일한 통로가 되었다.

도서관은 무채색이었던 나를 여러 가지 색깔로 물들

였다. 갈 곳 없이 떠돌던 사춘기 시절을 올곧게 붙잡아준 이곳. 그 시절 특별한 경험도 색다른 도전도 하기 어려웠지만 책이 있어 더 넓은 세상을 마주할 수 있었다.

여전히 도서관에 가면 어린 시절의 내가 떠오르곤 한다. 내가 꿈꾸는 미래의 모습은 모두 도서관에서 시작되었는지도 모른다.

몇 달째 전국에 있는 도서관의 문이 굳게 닫혔고 그 공간을 잃고 나서야 부쩍 책 냄새가 가득한 그 공간이 그리워졌다. 유난히 도서관이 그리운 오늘. 책장을 넘기는 소리로 가득한 도서관이 떠오른다. 어설프고 서툴게 꿈을 쓰던 그 시절도 함께 다가온다.

텅 빈 시간을 꿈으로 채워 준 공간

모든 시간에는 이유가 있다

시선이 닿는 모든 순간에게

　"작가님께서 보내 주신 원고 확인했습니다. 저희 출판사에서 출간해 보시면 어떨까요?"

　출판사에 원고를 보내고 출간 제의를 받은 날. 누군가 잊지 못할 순간을 꼽으라면 떠오를 인생의 명장면. 그때를 떠올리면 전화를 받으며 바라본 저녁 하늘이 선명하게 기억에 남는다. 겨울에서 봄으로 넘어가는 계절이었고 화창하지도 흐리지도 않은 평범한 날씨였다. 어떤 상태라고 묘사하기 모호한 그 배경과 온도가 왠지 그동안의 '나'처럼 다가왔다.

나는 애매한 날씨처럼 뭐라 뚜렷하게 설명하기 어려운 평범하고 무난한 사람이었다. 항상 무언가를 '하고 싶다'라는 그 마음 언저리에만 머무는 사람. 늘 마음은 간절한데 제대로 성취해 내지 못하는 이유가 대체 무엇일까. 노력이 부족해서인지 아니면 길을 제대로 찾지 못해서인지 늘 답답했다.

어쩌면 책을 쓰겠다고 마음먹은 것도 그래서였는지 모른다. 이제 더 이상 바라는 것들을, 이루고 싶은 것들을 내 삶에서 내몰며 살고 싶지 않았다. 내게 유일한 취미는 책을 읽는 일이었고 마음이 불안할 때면 글을 쓰곤했다. 그러다 글을 쓰며 사는 삶을 동경하게 되었고 작가를 꿈꾸게 되었다. 그 마음을 외면하고 싶지 않았다.

글을 쓰는 시간은 나를 보듬어 주는 회복의 시간이자 나를 지키기 위해 단단해지는 인고의 시간이기도 했다. 그 시간을 끝까지 견뎠고 끝내 포기하지 않았다. '하고 싶다'라는 마음에 그치지 않고 그토록 바라던 '해냄'에

이르게 되었다.

혹자는 내게 별 볼 일 없는 평범한 이야기는 굳이 책으로 내지 않아도 된다고 했다. 하지만 세상에 내놓기 부끄러운 이야기야말로 사람들에게 진정한 위로를 전할 수 있는 글이 아닐까.

눈밭에 홀로 핀 들꽃처럼 춥고 불안했던 서른의 여정. 때로는 이 시간이 헛된 노력은 아닌지 의심하기도 했다. 그러나 내 마음을 온전히 쏟아 내고 나서야 볼 수 있었다. 아무런 의미도 이유도 없는 하루는 없다는 것을, 우리가 사는 모든 시간에는 그럴 만한 의미와 이유가 있다는 것을.

이 책을 손에 든 사람들에게, 오늘을 잘 살아 낸 당신에게 작지만 따스한 온기를 전해 줄 수 있기를 소원해 본다.